臺灣原住民文學選集

詩歌 一

孫大川 主編

目錄

總序：文學做為一種民族防禦

文／孫大川 paelabang danapan

一

介入書寫世界應該是臺灣原住民近半個世紀以來，最突出的文化現象。藉由文字書寫的形式，原住民終於能以第一人稱主體的身分說話，與主流社會對抗、溝通甚而干擾、豐富彼此的內涵，這實在是整體臺灣千百年來最值得讚嘆的事。我們終於能擺脫「半調子」的本土化口號，與島嶼的「山海世界」面對面的相遇。

原住民嘗試使用文字符號進行書寫，當然並不是現在才開始，早在和西班牙、荷蘭接觸的時代，即以拉丁羅馬拼音符號翻譯、記錄自己的族語。清代的漢語、日據時代的假名，甚至戰後初期國語注音的使用，都曾經是原住民試圖介入臺灣主流社會，渴望和外來者彼此認識、溝通的手段。可惜這些努力，都沒有形成一種結構性的力量，讓原住民的主體世界真實敞開。

對原住民或所謂少數民族而言，「介入」之所以困難，主要是因為介入的行動是兩面刃，是藉由離開自己來找回自己的一種冒險。原住民或少數者的聲音要被聽見，必須用主流「他者」的語言或符號來說話才行。說它是冒險，是因為這樣的介入極可能要付出自己文化、語言和認同流失的代價，清代的平埔族群就是明顯的例子，當代臺灣原住民面對著同樣的挑戰。不同的是，清代「土牛」界線的漢番隔離，以及日據時代特殊化的理蕃政策，使廣泛的中央山脈一帶和花東地區的原住民各族，即使到戰後，雖面對許多同化力量的衝擊，但仍大致保留了各自的族語、祭儀和風習。「介入」的風險雖然巨大，但底氣猶存。如何掌握臺灣內部政治、經濟、社會、文化和意識型態的變遷，以及國際大環境總體趨勢的發展，在夾縫中找回自己民族的能動性和創造力，正是這一代原住民族人共同的使命和實踐目標。

二

「介入」牽涉到許多不同的方面，也包含著各個不同層次的問題，文學創作當然是其中重要的一環。主體說話了，它是原住民自我的直接開顯，宣示自己的存在與權力。我們曾經說過，對原住民或少數民族來說，真正的介入是一種冒險，一種離開自己朝向他者的路。從目前有限的資料來看，具民族主體意識，藉他者語言說話的例子，並不是現在才開始[1]，早期受日文教育的泰雅族樂信．瓦旦、鄒族的高一生、卑南族的陸森寶、阿美族的黃貴潮（Lifok 'Oteng），以及戰後以漢語寫作的排灣族陳英雄（Kowan Talall）、鄒族的伐依絲．牟固那那、泰雅族的游霸士．撓給赫、魯凱族的奧崴尼．卡勒盛等等，都是藉他者的語言來說自己的故事。

一九八〇年代，原住民運動興起，接受比較完整漢語教育的原住民知識青年，有了更大介入書寫世界的實力。文學方面胡德夫、拓拔斯．塔瑪匹瑪、瓦歷斯．諾幹、莫那能、利格拉樂．阿𡠄和夏曼．藍波安等人，在文壇漸露頭角。不過，這段時期原住民的文學書寫大致上是零星的，也比較是伴隨政治運動的產物。一九九三年「山海文化雜誌社」成立，原住民文學的運動與隊伍，才逐漸以組織的型態集結、運作與成長。

1 這種語言混用的情況，在部落即興歌謠或所謂林班歌曲中，有著非常豐富的創作傳統，至今不衰。

我在一九九三年《山海文化雙月刊》創刊號的序裡這樣說：

「語言文字的問題，也是《山海文化》必須克服的難題。原住民過去沒有嚴格定義下的『書寫』系統，因此『雜誌』的呈現，對原住民原來的『言說』傳統，其實是一個極大的挑戰。通常，我們可以嘗試兩種策略：或用漢文，或創製一套拼音文字來書寫。《山海文化》的立場，願意並同時鼓勵這兩種書寫策略；而且為尊重作者本身所習慣使用的拼音系統，我們不打算先釐訂一個統一的拼音文字，讓這個問題在更充分地實踐、嘗試之後，找到一個最具生命力的解決方式。漢文書寫方面，在語彙、象徵、文法，以及表達方式的運用上，我們亦將採取更具彈性的處理原則。因為，我們充分理解到原住民各族皆有其獨特的語言習慣和表達手法；容許作者自由發揮，不但可以展現原住民語言的特性，也可以考驗漢語容受異文化的可能邊界，豐富彼此的語言世界。」

鬆開族語的顧慮，大膽介入漢語書寫，目的不是要拋棄族語，而是想激發原住民創作的活力。從現在的眼光來看，當時對語言使用的彈性策略，應該是有效的。《山海文化雙月刊》雖因經費困難而於二〇〇〇年停刊。但自一九九五年起至二〇〇七年止，「山海」共籌辦了七次原住民文學獎，其中兩次與中華汽車合辦，另五次皆由「山海」自辦。二〇一〇年之後，由於原住民族委員會的政策性支持，每年皆以標案的方式由「山海」承辦「原住民族文學獎」、「文學營」與「文學論壇」三項活動，至二〇二二年止共十三屆。二〇二三年之後，則由原住民族文化事業基金會續辦。

這一連串的文學推動措施，深化了原住民文學創作的質量，不但培育了三十多位成熟的作家梯隊，也拓寬了原住民文學的內涵和題材。作家們的成就，受到多方的讚賞，迭獲各大獎項的肯定。教學和研究的現場，文學外譯的挑選，都有我們原住民作家活躍的身影。

三

二〇〇三年，「山海」在臺北市政府文化局、國藝會的補助下，與「印刻」合作編輯了一套共七卷的《臺灣原住民族漢語文學選集》，大致總結了一九六二年至二〇〇〇年原住民作家主要的漢語書寫作品。詩歌、散文與小說卷皆以原住民作家的作品為收錄對象；文論的部分，則廣納各方學術研究的成果。這應該是原住民作家專屬的第一套選集，也是我們給臺灣文學跨世紀的禮物。細細閱讀那段時期的作品，除了少數如瓦歷斯．諾幹和孫大川等觸及了一些較為廣泛的議題外，原住民作家集中關注的焦點主要在三個方面：

首先，是對自身文化與社會崩解的憂慮。田雅各《最後的獵人》、《情人與妓女》所描述的場景，莫那能《美麗的稻穗》激昂、控訴的詩歌，以及孫大川《久久酒一次》對原住民黃昏處境的分析；這些文字一方面試圖激起族人的危機感，另一方面也提醒主流社會深切檢視自己長期以來所造成的結構性傷害，屈辱和悲憤成了原住民文學創作的養分。

其次，八〇年代原住民青壯世代的主體性覺悟，連帶意識到自己內我世界的荒蕪，戰後都市的流離，部落祭儀的廢弛和族語快速流失等等的困境，促使族人很快發現自己的原住民認同其實是空洞的、貧乏的。夏曼．藍波安九〇年代初的《冷海情深》、奧崴尼．卡勒盛的《野百合之歌》，以及霍斯陸曼．伐伐的《玉山魂》等等著作，都充滿了回歸祖土、灌溉自己荒涼的主體之意志與渴望。

最後，在與自己母體文化重新相遇的過程中，原住民作家找到了原住民原本就以「山海」為背景的文學傳統。它一方面明確地體認到臺灣所謂的「本土化」運動，並不只是一種政治性的認同，而是對島嶼山海空間格局的真實回歸，是人與自然倫理關係的重建。這種見識，幾乎普遍存在於原住民作家的字裡行間。

四

二〇〇〇年以後，之前的關注焦點雖然仍是作家們持續反省的主題，但觀點更深入了，寫作的技巧與手法也更加細膩。尤其值得欣慰的是參與的作者不但增多了，而且陸續有年輕的世代加入了寫作的行列。巴代大部頭系列的歷史小說，不再只是控訴和悲情，他雖然以原住民的視角做為敘事的主軸，但他讓更多的「他者」加入對話的情境。他對傳統巫術題材的運用，和奧崴尼·卡勒盛或霍斯陸曼·伐伐的《玉山魂》，有著完全不一樣的風格。在奧崴尼和伐伐那裡，傳統的巫術和禁忌是做為文化要素來鋪陳的；但，在巴代的《笛鸛——大巴六九部落之大正年間》、《檳榔·陶珠·小女巫——斯卡羅人》、《巫旅》等系列作品中，巫術則是催動故事情節的動力基礎。毫無疑問的，歷史的原住民詮釋，是原住民文學二〇〇〇年之後，最突出的寫作興趣。馬紹．阿紀的《記憶洄游．泰雅在呼喚 1935》以及里慕伊．阿紀以女性角度寫的《山櫻花的故鄉》，乃至於多馬斯．哈漾二〇二三年的新作《Tayal Balay 真正的人》，都是以不同的筆法、角度和切入點，思考歷史對原住民的意義。他們明顯受到線性時間系列的影響，對事件的解釋，徘徊於神話傳說和歷史考據之間。這是在奧崴尼和伐伐的類歷史小說中，幾乎看不到的現象。

前輩作家夏曼．藍波安，二〇〇〇年之後其創作力更為雄健。《航海家的臉》、《老海人》、《天空的眼睛》、《安洛米恩之死》、《沒有信箱的男人》等大作陸續出版，將海洋的書寫推向極致。他的《大海浮夢》，觸角及於南太平洋，其國際形象已型塑完成，他恐怕是目前臺灣最具國際知名度的作家，其生活實踐及「身體先到」的創作哲學，有著一般作家無法比擬的魅力。同樣地，瓦歷斯．諾幹也不遑多讓，他的《當世界留下二行詩》和微小說，不但是一種新的寫作形式之嘗試，也作為他推廣文學教育的實踐手段。而《城市殘酷》、《戰爭殘酷》與《七日讀》，則展現了瓦歷斯走向世界、探索更為廣泛的人生議題之旺盛企圖心。年輕世代的乜寇、Nakao、沙力浪、馬翊航、程廷、黃璽、林纓，以及參與歷屆原住民文學獎的寫手，有些作者雖還未集結出書，但都有亮麗的表現。他(她)們創作的興趣和關心的議題，已與主流社會共呼吸，性別、科幻、政治、醫療、生態、族語、部落變遷與都市經驗等等，都是原住民作家要去面對、處理的課題。因為族群的特殊視角，對這些議題的理解和想像，自然與主流社會有著不同的判斷。

五

簡單地回顧這半個世紀以來，臺灣原住民介入文學世界的情形，特別著重二〇〇〇年前後的對照，是想讓讀者對原住民文學發展的能動性能有一個概括的掌握。從集體到個人、時空環境的變化，都反映在原住民作家的作品中。不同於以往，這些作品一篇篇串連成一道民族的防禦線，取得另一種客觀的存在形式。

為保持原住民文學歷史發展的完整性，本選集盡可能收錄有明確作者掛名的最早作品，如鄒族高一生的〈春之佐保姫〉、〈獄中家書〉、阿美族黃貴潮的〈日記選粹〉和卑南族陸森寶的〈美麗的稻穗〉、〈思故鄉〉等[2]。但，為避免和二〇〇三年印刻版選集重複，我們不得不對若干作家的精彩作品割愛。

此套選集分《文論》三冊、《小說》四冊、《詩歌》二冊、《散文》三冊，共十二冊。《文論》由陳芷凡、許明智負責選文，陳芷凡撰寫導論；《小說》由蔡佩含、施靜沂負責選文，蔡佩含撰寫導論；《詩歌》由董恕明、甘炤文負責選文，董恕明撰寫導論。《散文》由馬翊航、陳溱儀負責選文，馬翊航撰寫導論。編選的過程，經過多次的討論，考慮文章的代表性、文學性、主題的開拓與篇數的平衡等等，為容納更多作品，小說以短篇為主，長篇則徵得作者的同意，做精彩片段的節選，並節制選錄。為鼓勵創作新手，我們也大量選錄參與各類文學獎的作品(包括山海及其他單位舉辦的獎項)。編輯的過程中，我們都驚嘆於原住民作家創作的熱情，短短的幾十年，卻能生產出這麼多質量兼備的作品，原住民多麼渴望訴說自己的故事啊。

感謝原住民族委員會夷將·拔路兒主委的全力支持，沒有他的首肯，我們根本無法進行這項工作。感謝聯經出版公司的林載爵兄及其編輯團隊的盡心協助，能與像聯經這樣具有學術聲望的出版公司合作出版，是原住民作家的福氣。謝謝山海的林宜妙以及所有參與選文、撰稿、校對、編輯的老師與同學們，你們的辛勞成就了這個有意義的工作。我們將這一切都獻給每一位原住民作家朋友，你們創作的無形資產會是原住民未來文化的活水源泉。

其實二〇〇〇年之後，一個與原住民文學平行的另一種書寫介入，也如火如荼地展開了。二〇〇〇年起包括族語教學、教材編撰和族語認證考試等族語復振措施，便一一浮出檯面。二〇〇五年教育部和原民會會銜函頒「原住民族語言書寫系統」，二〇一七年立法院更進一步通過「原住民族語言發展法」，二〇一九年原住民族委員會捐贈成立「財團法人原住民族語言研究發展基金會」……這些政策、法令和機構，使原住民族語「書面化」的可能性成為現實。用自己的族語進行文學創作的條件，有了一個新的契機；我們在藉「他者」的語言、文字說話、書寫之外，有了一個可以保存自己聲音的創作工具。最近不少人開始用這套系統整理部落祭儀、古謠與神話，嘗試建立自己民族的「古典」。這對當代原住民文學的發展，是一項非常重要的工程。與主流社會逐漸共呼

2　這當然是掛一漏萬的挑選，我們相信這方面仍有相當大的搜尋、增補之空間。

吸的原住民漢語文學，固然挑戰並突破了許多傳統原住民社會的禁忌與文化框框，但同時也不得不面臨前文所說的付出認同流失的代價。無法「返本」的「創新」是走不遠的，也容易迷失自己。此外，有愈來愈多作家，比如布農族的卜袞，全力投入族語創作的道路。也許我們可以期待有一天真的可以編輯另一套用各族族語書寫的文學選集，其內容包括祭儀、巫咒、古謠與神話，當然也包含發生在當下的愛情故事和生活點滴。

孫大川・簡介

paelabang danapan，一九五三年生，臺東下賓朗部落（Pinaski）卑南族。比利時魯汶大學漢學碩士，曾任教於東吳大學哲學系、東華大學民族發展研究所、臺灣大學臺灣文學研究所、政治大學臺灣文學研究所。二〇〇九年擔任原住民族委員會主委，二〇一四年擔任監察院副院長，現為總統府資政、東華大學榮譽教授、臺灣大學、政治大學臺文所兼任副教授，以及臺東縣立圖書館總館名譽館長。

一九九三年孫大川創辦「山海文化雜誌社」，發行《山海文化》雙月刊，並籌辦原住民族文學獎，致力於搭建原住民族文學的舞臺，開拓以書寫為我族發聲的機會，亦是「原住民族文學」概念的最重要論述者。

著有《久久酒一次》、《山海世界——臺灣原住民心靈世界的摹寫》、《夾縫中的族群建構——臺灣原住民的語言、文化與政治》、《搭蘆灣手記》、《Baliwakes，跨時代傳唱的部落音符——卑南族音樂靈魂陸森寶》等書。並曾主編中英對照《臺灣原住民的神話與傳說》系列叢書十冊、《臺灣原住民族漢語文學選集》七冊，且與日本學者土田滋、下村作次郎等合作，出版日譯本《臺灣原住民作家文選》九冊等。

導論
吼吼吼、呼呼呼，共耕靈魂——二〇二三年原住民詩歌選小誌

文／董恕明

嚴格意義下，當代原住民漢語文學從八〇年代興起至今，悠悠走過三十餘年。此一「文學拓荒」的志業，如置於文學史的長河觀之，興許只是一瞬，可就是這個瞬間，對於長久以來在臺灣這座島嶼上，狀似無聲實是多音交響存在的族人，於樂舞祭儀、藝術展演、運動競技等領域之外，另闢蹊徑。

學者孫大川以「用筆來唱歌」一語，概括「原住民文學」的出現（線），實是在建構一以生活作田野，文化當沃土，書寫為舟楫的「民族防禦工事」[1]。至於原住民漢語詩

1 「用筆來唱歌」和「民族防禦工事」皆為學者孫大川老師，於近年於各場合演講、論壇、學術研討會中，反覆申述闡發的觀點。

歌在其中，常能發揮它進可攻，退可守，不進不退之間可糾纏的精神，向內深掘民族靈魂的同時，對外拓墾族群的邊界！二〇二三年入冬，撩亂人間的 COVID-19 似已暫歇，但世間的烽火仍未止息，值此之際，選讀原住民詩歌，有沒有機會為人間的荒寒，添點柴薪，為世界的幽暗，點根燭火？

一、沉吟或高歌，好好呼——吸——

距離二〇〇三年由孫大川老師籌劃的《臺灣原住民族漢語文學選集》的出版，一晃眼二十年，在這二十年間，原住民文學從初升到萌芽、茁壯，除了有老、中、青不同世代的原住民作家，從不同的角度、位置、機緣……投入書寫的行列。同時身為公部門的原住民族委員會，自二〇一〇年起，每一年舉辦的「臺灣原住民族文學獎」、「文學營」及「文學論壇」等活動，也無異是在協助部落族人造橋鋪路、架設管線、職能進修、開發產業……之外，為同胞另闢了一畝心靈的耕作地，藉由「第一人稱」的主體發聲，寫出「正在呼吸的原住民心聲」！

原住民詩歌和散文、小說、報導文學這些以敘事為主的非韻文相較，當更加凸顯它「用筆歌唱」的文類特質。選文中收錄了高一生（鄒族，一九〇八—一九五四）和陸森寶（卑南族，一九一〇—一九八八）兩位以日文／族語創作的作家作品，不僅是延伸了原住民當代詩歌創作的縱深，同時還點出了原住民詩作中的「音樂性」（旋律、節奏、聲情……），它既屬於形式亦是內容，彼此或有消長，卻從未偏廢。在二〇〇三年的選本中，即收有胡德夫（卑南族，一九五〇年生）和達卡鬧（排灣／魯凱，一九六一年生）二位歌者的作品，便可見「詩歌」在原住民詩中恆常是一體。而來自「身分」的寫作，時不時便要接受這類的提問：「在這作品中看不到或感覺不到原住民……」會對這種情況進行「嚴肅且深入」討論的時刻，通常不是在學術界，再不就是文學獎的評審會議中，特別是後者。

每年由不同的原、漢詩人所組成的評審團隊，總有機會從參賽者的作品中，更具體細緻地區辨——首先是一首好詩，從內容到形式充分展現它身為「詩」的「質地」！這當然和「作者」有關，同時也和他／她怎麼善用（調動）和發揮「詩」的文類特質，將其思想、情感、價值……藉由詩的觀察力、想像力、創造力等等，說服、打動、感染和「啟發」了評審（讀者）。這些捕捉材料和編織細節的過程，一定不僅是源於作者的「身分」，更有他／她自此身分而有的深思與跨越，唯能如此，創作才有它的「真自由」！即便「文學獎」常是「某一群讀者」的品味和決定，但令這群讀者「眼睛為之一亮」、「心神為之撩動」……最終脫穎而出的作品，歷經時間的淘洗，仍自在開闔，如：曾有欽（排灣族，一九五八年生）〈鐵工的歌〉、林佳瑩（泰雅族，一九六七年生）〈藍旗金槍〉、林朱世儀（阿美族，一九七二年生）〈鄉土祭〉、筆述一．莫耐（泰雅族，一九八〇年生）〈一半的新年〉、馬翊航（卑南族，一九八二年生）〈家族墓〉、拉蓊．進成（撒奇萊雅族，一九八八年生）〈以浪〉等等。

當然，寫作本不是為了「得獎」，否則在「獎項」以外的創作者所為何來？不如再次「復返」高一生〈長春花〉、陸森寶〈思故鄉〉、莫那能〈如果你是山地人〉這類「生命之詩」，在這些詩作中，正含藏著古往今來的詩人們，對這世界最深情的「呼吸治療」……。

二、在斜斜的地方，正正的呼吸

原住民文學中傳達出的「悲情」，就像開腸剖肚過後的山林，初見怵目驚心，一旦習以為常，實可波瀾不驚。若作者要持續表達從「山地人」到「原住民」，不同世代對民族存亡、文化斷續、社會公義的「主體抗爭」，更是「吃苦當吃補」的鍛鍊。此可從高一生〈春之佐保姬〉到陸森寶〈美麗的稻穗〉，再至奧崴尼．卡勒盛（魯凱族，一九四五年生）〈那時〉、金來姻（阿美族，一九五四年生）〈泥土味〉、莫那能（排灣族，一九五六年生）〈歸來吧，莎烏米〉、卜袞．伊斯瑪哈單．伊斯立端（布農族，一九五七年生）〈炭火〉、瓦歷斯．諾幹（泰雅族，一九六一年生）〈山櫻花〉、蔡雲珍（阿美族，一九七六年生）〈微電影〉、哈肴恩舞依浪（泰雅族，一九七九年生）〈小煙火〉等人詩歌中充分見到，這種對於親人、族人、家鄉的綿遠情思與深思，沒有年歲差異，只有下筆時墨色的濃淡深淺。

詩人寫下的情愁和鄉愁，充分體現了無論身在何時的「原住民族」，始終在「第一名的前面」能夠「吃得苦中苦，仍為人下（嚇）人」，也很容易見識到「原初」和「底層」之人「被殖民」的創傷，有擦不完的汗水，流不盡的血淚，還有如同在格格兒．巴勒庫路

（排灣族，一九六八年生）〈Kacalisian〉[2]所言的「原式」生活：

Makuda／Kacalisian
蝸牛　慢慢／螞蟥　慢慢／毛毛蟲　也　慢慢
Kacalisian／為什麼　你　慢慢／向前傾斜身體　走　慢慢／這樣
Aisa／不了解我的明白啊　你／很難的走路　這邊／不見了　斜坡／沒有了
我的平衡感
Nekanga nekanga／街道不再有　起起　上上／落落　下下
Nekanga nekanga／馬路看不到　彎　曲曲　彎／彎　曲　曲　彎
Tjaljuzua　唉聲嘆氣　我的vuvu／小米要成熟了　上不去　怎麼辦／Maza　徬
徨無助　我的vuvu／迷路了　就在這井然有序　沒有斜坡的部落街道裡／哭喊
著／我／找不到／回家的路
你說／來吧／搬到我們為你們打造的新家吧
但／蝸牛來了／螞蟥也來了／毛毛蟲一起來這豐年祭
從此之後／Kacalisian不再是我的名

好吧／按照你吧
可是／哪裡　我的家／到底

詩中的「原住民」生活素材：從具體的 Kacalisian 場景，到一眼即能辨識的物件（蝸牛、毛毛蟲、小米……）；其次是「原住民的」時空感：時間是「慢慢（小心）的」、「綿長（陌生）的」，空間是「斜斜的」、「曲折的」……直到「井然有序」卻「無方向感」的情感反應（「哭喊」、「無奈（或順從）」）。〈Kacalisian〉詩中族人的生活和移動，相較非原住民族群確實是要「寬闊」、「簡單」、「從容」些，如同族人常有「原住民時間有補助」一說，雖似笑話也是真話。

最後，全詩展現的「原式」幽默：當「一般人」都安於迅捷便利和有條不紊的「生活（人生）樣態」時，Kacalisian 這群「真正住在斜坡上的子民」，卻在「一般人」的生活條

2　參見林宜妙主編《二〇一八年第十屆臺灣原住民族文學獎得獎作品集》（臺北：原住民族委員會，二〇一九年十二月），頁二三〇－二三三。

件下，失去從原來「斜斜的」、「上上下下」、「彎彎曲曲」這種在部落中「養成」的「平衡感」：「從此之後／kacalisian 不再是我的名 好吧／按照你吧 可是／哪裡 我的家／到底」別人把別人認為好的部落規畫、街道設計以及「姓名」都「為我們」設想好了，還能再說什麼呢，到底？結果到底還是要在平平的路上，斜斜、慢慢、正正地呼吸，好好地走，如此才能比較了解別人的明白和不明白。

三、在長長的時間之流，呼吸時隱時現

從格格兒．巴勒庫路〈Kacalisian〉一詩，可見到當代部落質樸的生活切片，相類的作品，如：溫奇（排灣族，一九五六年生）〈日落〉、多馬斯．哈漾（泰雅族，一九七二年生）〈菜區之歌〉、謝來光（達悟族，一九七四年生）〈誰的寂靜〉、姜憲銘（阿美族，一九八〇年生）〈希季杜邦的腦袋〉、然木柔．巴高揚（卑南族，一九八六年生）〈他們叫我〉、亞威．諾給赫（泰雅族，一九九〇年生）〈我本來沒打算走進去〉、卓家安（阿美族，一九九一年生）〈隔壁的神話〉……，這些「寫生活」的詩篇，風姿各異，卻多能

舉重若輕，將眼前的失落、缺憾或憤怨，提煉成「苦中作樂」的良藥！

轉到八年級生黃璽（泰雅／布農族，一九九〇年生）〈采風隨筆集〉裡，則能讀到詩人藉由「枒」、「魔」、「石」、「檳榔」、「水泥」等物的歌詠中，聽見（發現）部落古往今來的常與非常，原是讓人如此不知不覺的莫名所以，如〈枒之歌〉的曲折：「雲扶著山稜慢慢／風在花瓣與草根之間慢慢／石頭在溪裡慢慢／獸慢慢……／慢慢、默默、慢慢、默默／他們聽見／又有一塊／啞巴的屍體／說了再見。」；也有如〈石之歌〉的驚詫：「那滾下山的石本要進入下一個五千年的沉睡，／卻滾進了司法程序。／它很懷疑：上一個五千年，沒有犯法啊？」若說在原住民詩歌中有一種往復的主旋律，是在說出或辨識「我是誰」，緣此而生的即是「我有什麼」的就地深掘，是無可取代的「這個我」，不是誰要誰「復返」，更不是誰要誰「扮演」的「某個我」！

自八〇年代四年級生莫那能寫下〈恢復我們的姓名〉，九〇年代五年級生（一九六一年生）瓦歷斯．諾幹這位集詩、散文、小說、報導文學、評論及論述無役不與的全才型作家，寫家族、部落、民族以至世界原住民族群的歷史際遇和現實處境，彷彿無傷卻盡是殤。何況那些對他者而言無關宏旨的公理與正義，一如既往地在時間之河歷史之流裡，時隱時現、載浮載沉，打撈定格尤是詩人責無旁貸的稟賦，如

〈Ioway〉[3]：

University of Iowa of Natural History（愛荷華大學自然歷史博物館），成立於一八五八年，座落於校園核心區域，是密西西比河以西最古老的大學博物館。在這裡，我看到了 Ioway 族人，他們被貼在牆壁上、坐在展覽區、騎著馬奔馳在虛擬的草原，栩栩如生的背後蔓生沉默的死亡。

Iowa 的名稱其實源自印第安部落——Ioway，約一萬三千年前，美洲原住民族 Ioway 族、Sioux 族、Missouri 族等在愛荷華州生活……。

原住民族身處的「現代」，顯然不是出於原住民族的「同意或不同意」，在歷經「馴化」、「教化」和「同化」的過程，原住民同胞曾經或仍然在親炙「文明」的「野蠻與殘忍」，實更令人瞠目結舌，怵目驚心？

於是，記憶不滅，生命常新，如：陸森寶〈頌祭祖先〉、孫大川（卑南族，一九五三年生）〈屈原〉、伊替．達歐索（賽夏族，一九五七—二〇二三）〈祭語〉、林志興（卑南族，一九五七）〈時田釀的愛情酒〉、桂春．米雅（阿美族，一九六七年生）〈出生地〉、撒韵．武茳（撒奇萊雅族，一九七六年生）〈找生命的路——原舞者《找路》進山排練詩札〉、沙力浪（布農族，一九八一年生）〈高山協作的背架〉、陳孟君（排灣族，一九八三年生）〈移動．福爾摩莎〉、游以德（泰雅族，一九九〇年生）〈平地人〉……，每一個與詩人真正相遇的「誰」，最初許是起於「身分／民族／族群」的「劃疆設界」，最終，更常是在「少數／邊緣／異質」的一呼一吸間「跨疆越界」！

四、尾聲——呼吸一樣的寫

「詩」在文類上的獨特性是如何透過有限的文字，傳達最豐富的意義，而「有限」不是侷限，「豐富」未必是繁複。詩人不只是文字的煉金術士，更是「靈魂的工程師」，不過「靈魂」的世界終究太抽象，所以需要一些指引，且讓像瓦歷斯．諾幹詩作中「他們」

3　參見《張開眼睛將黑夜撕下來》，頁一二八—一二九。

（狂馬酋長、小鴉酋長、約瑟夫酋長……）一樣的我們，跨越時空的界線、人性的障蔽、現實的頓挫……，不論是或不是原住民，只要是在邊緣、弱勢、少數、亂離、不幸……之人，終能夠在「彼此」的喜樂憂傷中，學會面對、理解與承擔人類的有限，作家的「責任」，就是寫成「好作品」，至於什麼是好或不好的作品，讀者固然有讀者的喜好，但唯有作者自己最清楚，清楚自己有沒有機會成為自身與他人生命裡的電光火石，雨露春風，在呼吸的每個瞬間，有山的律動、海的丹田、綠野的淺唱低吟……。

董恕明・簡介

一九七一年生。爸爸是浙江紹興人，媽媽是臺東下賓朗部落卑南族人。自一九八九年起於東海大學中國文學系完成學士、碩士、博士學位，二〇〇三年夏回到臺東，任教臺東大學華語文學系迄今。

碩士論文以「大陸新時期小說中知識分子的處境與抉擇」為題，撰寫一篇「和爸爸有關的」論文；博士論文以「邊緣主體的建構——臺灣當代原住民文學研究」為題，完成一份「和媽媽有關的」論文。

對於「學術研究」不具天賦和使命，就是「以蠻力」面對自己人生的功課，所以與其說什麼「復返」，不如說是「原地彈跳」，跳得好，抖落一點星塵，跳壞了，終也鍛練了筋骨，無憂無傷！

高一生

〈杜鵑山〉（つつじの山）（一九四〇年代），翻譯／高英傑

〈打獵歌〉（鹿狩り山狩り）（一九四〇年代），翻譯／高英傑

〈春之佐保姬〉（春の佐保姫）（一九五〇年代），翻譯／高英傑

'Uongu Yata'uyungana，日本名矢多一生，戰後以「高一生」為人所知。一九〇八年生，嘉義縣阿里山鄉樂野部落（Lalauya）鄒族。高一生曾任吳鳳鄉（今阿里山鄉）鄉長，為鄒族教育家、政治家及音樂家，一九五四年四月因白色恐怖而受難。

高一生就讀達邦蕃童教育所、嘉義尋常高等小學校，一九二四年保送臺南師範學校，就讀期間嶄露音樂及文學天賦，畢業後回達邦任教及擔任巡查。高一生從日治時期就在部落引領進步思潮：推廣農業、關心教育，參與鄒族語言文化的記錄保存等，更創作不少日本味道濃厚、融合部落自然地景的歌曲。結集出版的作品有音樂專輯《春之佐保姬》、《鄒之春神——高一生音樂·史詩·歌紀念專輯》以及獄中書信集《高一生獄中家書》等。

杜鵑山（つつじの山）

つつじの山を離れきて
思いは懐かし　くぬぎの林
彼の山恋し　彼の山恋し
雲がちぎれて　何処へやら

つつじの山の夢見たが
くずれて消えた　くぬぎの林
彼の山見えぬ　彼の山恋し
青い鳥さえ　何処へやら。

つつじの山は南向き
広い野原のくぬぎの林
夕日に赤い　彼の山恋し

自從離開了杜鵑山
時時刻刻懷念那個橡樹林
想念那山，真想念那山
撕裂的白雲啊，不知飄到哪裡去？

夜裡夢見了杜鵑山
橡樹林的影像漸漸模糊不清
那山竟然看不見了，真想念那山
可愛的藍鵲，現在不知飛到哪裡去？

杜鵑山在南邊的方向
就在寬闊原野的橡樹林地
看見灼紅的夕陽，更使我想念那山

山のかっこう鳥　鳴くであろう

つつじの山の細道は
森をよぎりで　くぬぎの林
彼の山いずこ　彼の山恋し
こずえに小鳩が　また帰る

つつじの山は彼のあたり
やがてもみじが色づくだろう
彼の山恋し　彼の山恋し
からすも古巣へ　帰るだろう

山上的郭公鳥，正在哀鳴吧！

杜鵑山的小徑
通過森林頂端到達橡樹林地
那個山在哪裡，真想念那山
樹梢的小鳩，回家了吧！

杜鵑山就在那個方向
楓葉即將改變顏色的時候了
想念那山，真想念那山
烏鴉向著老巢歸去了吧！

打獵歌（鹿狩り山狩り）

さっさあさ鹿狩り行かしゃんせ
さっさ行かしゃんせ
山山へ峰峰へ
鹿狩り山狩りほい！ほい！ほい！
さっさ山山へ峰峰へ
鹿狩り山狩りほい！ほい！ほい！

さっさあさ鹿狩り行かしゃんせ
さっさ行かしゃんせ
谷谷へ山裾へ
鹿狩り山狩りほい！ほい！ほい！
さっさ谷谷へ山裾へ
鹿狩り山狩りほい！ほい！ほい！

來吧！來吧！我們前往後山去打獵
嘿唷！後山去打獵
越過山峰，爬過峻嶺
獵鹿季節打獵季節嘿！嘿！嘿！
來吧！越過山峰，爬過峻嶺
獵鹿季節打獵季節嘿！嘿！嘿！

來吧！來吧！我們前往後山去打獵
來吧！我們去打獵
穿過山麓，渡過溪谷
獵鹿季節打獵季節嘿！嘿！嘿！
來吧！穿過山麓，渡過溪谷
獵鹿季節打獵季節嘿！嘿！嘿！

さっさあさしかかり鹿のみち
さっさ鹿のみち
谷谷へ森の中
鹿狩り山狩りほい！ほい！ほい！
さっさ谷谷へ森の中
鹿狩り山狩りほい！ほい！ほい！

さっさあさ鹿狩り森のなか
さっさ森のなか
犬狩りか巻き狩りか
鹿狩り山狩りほい！ほい！ほい！
さっさ犬狩りか巻き狩りか
鹿狩り山狩りほい！ほい！ほい！

來吧！來吧！我們找到山鹿的蹤跡
來吧！找到山鹿的蹤跡
渡過溪谷，穿過森林
獵鹿季節打獵季節嘿！嘿！嘿！
來吧！我們渡過溪谷，穿過森林
獵鹿季節打獵季節嘿！嘿！嘿！

來吧！來吧！我們來到森林的深處
來吧！來到森林的深處
獵狗追蹤，圍欄陷阱
獵鹿季節打獵季節嘿！嘿！嘿！
來吧！獵狗追蹤，圍欄陷阱
獵鹿季節打獵季節嘿！嘿！嘿！

さっさあさ鹿狩り山の人
さっさ山の人
山裾へ森のなか
鹿狩り山狩りほい！ほい！ほい！
さっさ山裾へ森のなか
鹿狩り山狩りほい！ほい！ほい！

來吧！來吧！我們都是深山獵鹿的居民
來吧！都是深山的居民
攀過山麓，越過森林
獵鹿季節打獵季節嘿！嘿！嘿！
來吧！攀過山麓，越過森林
獵鹿季節打獵季節嘿！嘿！嘿！

春之佐保姫（春の佐保姫）

誰か呼びます　深山の森で
静かな夜明けに
銀の鈴のよぅな
麗しい声で　誰お呼ぶのだろ
ああ佐保姫よ
春の佐保姫よ

誰か呼びます　深山の森で
淋しい夜ふけに
銀の鈴のよぅな
麗しい声が　森に響き渡り
ああ佐保姫よ
春の佐保姫よ

是誰在森林的深處呼喚？
寂靜的黎明時候
像銀色鈴鐺一樣
華麗的聲音　呼喚著誰？
啊！佐保姬呀
春之佐保姬呀

是誰在森林的深處呼喚？
在寂寞的黃昏時候
像銀色鈴鐺一樣
華麗的聲音　響遍森林
啊！佐保姬呀
春之佐保姬呀

誰か呼んでる　深山の奥で
故里の森の　奥の彼方から
麗しい声が
誰か呼んでいる
ああ佐保姫よ
春の佐保姫よ

是誰在高山的深處呼喚？
在故鄉的森林遙遠的地方
用華麗的聲音
誰在呼喚？
啊！佐保姬呀
春之佐保姬呀

陸森寶

〈頌祭祖先〉（一九五八），翻譯／孫大川
〈美麗的稻穗〉（一九五〇年代末），翻譯／孫大川
〈思故鄉〉（一九五〇年代末），翻譯／孫大川

生於明治四十三年（一九一〇），卒於民國七十七年（一九八八），臺東縣南王部落卑南族。昭和二年（一九二七）入臺南師範學校就讀，昭和八年（一九三三）畢業，取得臺灣公學校甲種本科正教員的資格，曾先後擔任臺東新港公學校、寧埔公學校、小湊國民學校等之訓導工作。戰後任職於臺東農校，教授體育和音樂，至民國五十年（一九六一）退休。

陸森寶族名為「Baliwakes」，「bali」是風的意思，形容他跑起步來猶如旋風。他的運動才華果然在師範學校時期展露無遺。昭和十六年（一九四一），Baliwakes 改為日本名字「森宝一郎」，戰後，民國三十五年（一九四六），再改成漢名漢姓「陸森寶」。

學生時代的陸森寶，除了體育，在音樂方面也有非常傑出的表現。中年之後，創作不輟，先是為部落而寫，如〈頌祭祖先〉、〈卑南山〉、〈海祭〉等；也為部落男女青年寫，如〈散步歌〉、〈俊美的普悠瑪青年〉等；更為八二三砲戰寫，如著名的〈美麗的稻穗〉、〈思故鄉〉、〈當兵好〉等。他的作品鮮活地記錄了部落的變遷，是用音樂寫歷史。晚年，陸森寶集中精力，寫了一首又一首天主教彌撒曲，至今仍在卑南族各部落每星期的主日彌撒中，傳唱不息。

頌祭祖先[1]

mi'ami'ami lra nirebuwa'an, hohaiyan hoiyan,
kamawan dra inaba(i)yaluwan i kaemuan.
marepawuwa lra kana 'ami kana bulan,
marepakuret dra tu wuwaruma'an;
karabasakaw lra i sering sering sering,
re'abalranay lra i sering sering sering,
gilregilranay lra i sering sering sering!
merederedek i baiwan(e) lra i drung(e)drungan,
pinatengadraw lra i emu ima'idrang,

在發祥地一年又一年，吼嗨央吼依央；
祖先好像被遺忘了。
直到那年那月，
確定迎回祖先的日子。
扛起祂來，sering、sering、sering！
伴著祂來，sering、sering、sering！
步伐輕盈，sering、sering、sering！
到了百灣東東岸[2]，
安座老祖先，

---

1 民國四十七年（一九五八），卑南族南王族人發起至「發祥地」（panapanayan，今三和附近）分靈神話傳說中「神竹」之儀式。這首歌，即為紀念當年此一事件而作。

2 地名。安座祖靈的地方，在今南王部落北邊「卑南遺址公園」附近。

ta sasungalan.

akasangalan dra temuwamuwan, hohaiyan hoiyan,
mukasa ta pinaka(i)yabulai (y)a pinapadangan.
pana'uwanay ta patabanganay,
idri na bekalan na kababini'an.
kiyanunanay lra i sering sering sering,
arasenayai lra i sering sering sering,
wuwarakanay lra i sering sering sering!
panaanaan ta pakasemangal kan inutrungulran,
pinatengadraw lra i emu i ma'idrang,
ta sasungalan.

我們來敬拜。

讚頌祖先的時刻到了，吼嗨央吼依央；
大家一起盛裝打扮，
出示並奉獻
這新粟。
禱祝起來，sering、sering、sering！
吟唱起來，sering、sering、sering！
跳起舞來，sering、sering、sering！
誠心悅納傳承，
安座老祖先，
我們來敬拜。

美麗的稻穗

pasalaw bulay naniyam kalalumayan garem,
hoiyan hoiyan naluhaiyan,
adalrep mi adalrep mi emare' ani yohoiyan,
hoiyan,
hoiyan naluhaiyan,
hiya o hoiyan,
patiyagami patiyagami kan balri etan i kinmong.

pasalaw bulay naniyam kaaongdrayan garem,
hoiyan hoiyan naluhaiyan,
adalrep mi adalrep mi penalidring yohoiyan,
hoiyan,
hoiyan naluhaiyan,

結實累累呀，我們今年的稻穀，
吼依央吼依央那魯嗨央，
我們就接近了，接近收割的日子，
吼依央，
吼依央那魯嗨央，
依呀喔吼依央，
要捎信，捎信給在金門的哥哥。

長得好啊，我們今年的鳳梨，
吼依央吼依央那魯嗨央，
我們就接近了，接近採運的日子，
吼依央，
吼依央吼依央那魯嗨央，

hiya o hoiyan,
apa-a-atedr(e) apa-a-atedr kan balri etan i kinmong.

pasalaw bulay naniyam kadrazolingan garem,
hoiyan hoiyan naluhaiyan,
adalrep mi adalrep mi emarekawi yohoiyan,
hoiyan,
hoiyan naluhaiyan,
hiya o hoiyan,
asasangaan asasangaan sasudang puka i kinmong.

依呀喔吼依央，
要寄送，寄送給在金門的哥哥。

茂盛高大呀，我們栽種的林木，
吼依央吼依央那魯嗨央，
我們就接近了，接近伐木的日子，
吼依央，
吼依央那魯嗨央，
依呀喔吼依央，
要打造，打造船艦到金門。

思故鄉

temabang ku piyalawudr pipuyayuma,
aidru a kali'ayaman amuwabiyi, hoiyan;
awuka lra meraredeka i kadrekalran,
あんちゃん思うとね、
あの子は元気かね？
asuwa ku wuwaruma'an,
aidrmi ku i kakinmongan.

temabang ku piyalawudr pipuyayuma,
aidru a kahikokiyan amuwabiyi, hoiyan;
awuka la semasekadra i kadrekalran,
あんちゃん思うとね、
あの子は元気かね？

我朝東方眺望，向著普悠瑪，
一隻鳥在飛，吼依央；
牠將飛到部落，
親愛的想著你啊，
那個她一切可好？
何時才是回家的日子，
我在金門。

我朝東方眺望，向著普悠瑪，
一架飛機飛過，吼依央；
它將飛抵部落，
親愛的想著你啊，
那個她一切可好？

amanay ku masasupengan,
aidrini ku i kamazoan.

何時才是回家的日子，
我在馬祖。

奧崴尼・卡勒盛

〈Lhialeven cekele ly!〉（麗阿樂溫，我的故鄉！）（二〇〇六）
〈Kuidra saka kinavaianan〉（那時）（二〇一五）

Auvinni Kadreseng，邱金士。一九四五年生，屏東縣霧臺鄉好茶部落（Kucapungane）魯凱族。舅公喇叭部（Lapagau Dromalhathe）為前好茶部落史官，也是奧崴尼學習魯凱文化與祭儀知識的對象。小學畢業後奧崴尼曾隨父母務農、狩獵，從三育基督學院企管系畢業後，服務教會、擔任會計多年。一九九一年辭職回鄉重建舊部落與寫作，是重建舊好茶部落的文學健將與文史工作者。

奧崴尼有絕佳的說故事本領，質樸的文句充滿詩歌般的節奏韻律，混雜漢語和魯凱語，娓娓講述魯凱族的歷史文化與生命故事。曾獲原住民族文學獎、二〇一三年臺灣文學獎創作類原住民短篇小說金典獎等獎項。著有《野百合之歌》、《神祕的消失：詩與散文的魯凱》、《消失的國度》等書。

Lhialeven cekele ly!（麗阿樂溫，我的故鄉！）

Lhialeven cekele ly!
"Ay ～ i" lu ma yiayia nay,
Vauva ku sagisi ku dralhi.
Yia balhiu nay palhalhauthu,
Ku Yia talu vaivay si tharuainu,
Ma raraisi ikai ki dalelhese,
Miaki taka vayiane Ju lhaolhao sii dulilipy.

Lhialeven cekele ly!
Wa kela ku bucukulhu, la mulecha sii dreredrere,
La ki lhapathe ku tadri nay,
La ki kabetethe ku taluku nay,
La ki lhekeme ku Chiliki nay,

Sa kaedrepe-nga nay ku tilivare su.

Lhialeven cekele ly!
Ma-alhialhimi-nga nai kai saruru numi kai daedae,
Ka kini balhithane ara erai sii rengeregane ki mubalhithi nay,
Ma drasedraselhe-nga kai paliiu nay.
Kai nai pia mamiane-nga ku giring ki na-lhikulao nay,
Kai nai pia mamiane-nga ku na akualaye ki adrisi nay.

Lhialeven cekele ly!
Lhi ki sikaulu ana nai ala pi machulu,
Lhi ki raumale ana nai ala ngilhibate ki vayvay,
Lhi Pu langai ana nai ala ikai ku ta guruthangane nay,
Kai nai ua dredrelenga ki kalealedrane.
Mia nai ki tarua auaungu.

Lhialeven cekele ly!
Kusu ka lhegelhege nay! Sakamianana su lhingdelane,
Kusu ka tuturu nay! Yiakaiana su lhemalemalemay,
Tilivare ki mubalhithi ta saka miana.
Kusu ka niuku nay ka ngudradrekay —— Cekele,
Ku na sararui ki mubalhithi nay kai lhingi pelanga,
Yiakai nay ki lididu ki saruru dulilipi-nga,
kipa silasilape nay ku tilivare si thingale tharu-inu.

（中譯文請見下頁）

麗阿樂溫，我的故鄉！

麗阿樂溫，我的故鄉！
當我們生離死別互道「哎～依！」[1]時，
那只是一層石板相隔。
同住在一個永恆不散的「巴哩屋」[2]
今生與來世，
相繫於永恆，
猶如日曦日暮。

---

1 哎～依！（Ay～i）：在所有情感相繫而斷裂的剎那，產生痛苦的語調。韻味的長短，通常是情感濃厚的表象。離別的韻味，往往意味著未來有沒有可能？還是未知？在此為「永恆離別」之意。

2 巴哩屋（Balhiu）：即為魯凱族的石板屋。根據魯凱族的習俗，認為石板屋的地底下是祖先靈魂的居所，地上則是活人的世界。在此是指死人與活人永恆住在一起的家，為永恆的歸宿。

麗阿樂溫，我的故鄉！
突然災難來到，閃電雷動，
沾辱您的祖靈柱，
狂風蹂躪您的祭板，
褻瀆您神聖的杯，
指引我們的火炬，已經熄火了。

麗阿樂溫，我的故鄉！
我們漸漸地淡忘了這一塊土地，
是祖先以血汗換來的，
我們的「彩衣」[3]逐漸地殘破褪色，
再也聽不到哩咕烙的怒吼，
再也聽不到如熊鷹翱翔地歌詠。

麗阿樂溫，我的故鄉！

我們必須做別人家的傭人才能餬口，
我們必須靠著拾穗度日，
我們必須付出代價才能一宿寄人屋簷下，
只是為了生存永不見亮光。
一如夜間行走的人。

麗阿樂溫，我的故鄉！
我們的青山啊！您仍然屹立不搖。
我們的瀑布啊！您依舊在湧流奔騰。
祖先永恆的光芒啊！您依然在照耀。
我們生命的搖籃——故鄉啊！

3　彩衣：在此是指文化特色。

推動搖籃的雙手永不再，
我們卻在延續的末端夕陽中，
在尋找火炬，指引我們要往何處。

Kuidra saka kinavaianan（那時）

Kuidra saka kinavaianan
Iyakai anana su ki ubalhithi ta mualualualudru
Ikai ki dralhemedremane si babitingane I peapeapelai
Lu lhia si lhi tali ki pu taluvaiva su
Lhi dreele ana ki sa pakepake ki niake su

La adravane
Si kipu taluvaiva su pu kaumasane
Kai kaumasane kai matia gululu
Lhi maka dulhu ai su
Ngi lhibatai su ki kadrua ku bila ku laveke?

Ku kadrua ku lhi pelaela ku luludu si ngukai

那時
你還在祖先生命永恆的時流
在混沌和寧靜的永夜漂流
一切要被存在的可能性
還要看你生命之翼。

其實
若能夠被安排來到人間
世道是這般地艱辛
是否有可能性
熬過那無邊的命運之海？

在沒有指引以導航

Lhi ikai nga su ka saka vaevaane ki peapeapelai
Lhi singi kai nga su ki kikelhete su ku saseverane

Lu dramadramare ikai ki sanelame I bleng
Lu kasasevesever singi tali laveke
Masemeca ku si thairane pasualhau
Mua kalava ku amani nga iya

只有孤獨地漂泊
依循著你那宿命之風。

當明月遨遊於蔚藍的天海
當微風由汪洋海面吹起
我總是甦醒引頸遙望
渴求等候你的來臨。

陳昱君

〈一路向北〉（二〇二一）

Sungedru Katadrepan，一九四九年生，卑南溪畔普悠瑪部落卑南族。由於父親工作的關係，輾轉於排灣族、阿美族、客家人、閩南人等不同族群的聚落居住，但仍心繫故鄉。做過廚工、磚工、務農等工作，七十歲之際，放下一切，回到部落定居。

喜愛自然萬物，也常將其擬人對話，從中得到許多靈感，開始嘗試提筆寫下祖母祖父曾說過的故事以及父親母親的經歷事蹟，這幾年經歷險峻疫情，遂加緊提筆，願祖靈賦予筆尖靈感，寫下一生的回憶錄。

一路向北

岩灣山下　竹雞嘶聲吶喊
你過來！你過來！你過來！
頂著太陽　我向北行
（從海上來的時候　都蘭山好像鍋蓋　你說）

呼　風的口哨
徐　徐徐　徐　徐　徐徐　徐
　呼　呼呼　呼　呼　呼呼　呼
來了卑南溪的涼風

semangalan lrayuan
semangalan lrayuan
lrayuan　那路彎

彎路　引領我到　溪畔的小黃山
竹筒裡　新釀的小米酒（來不及做阿拜）
容晚輩敬您一杯　潤潤喉
dremekelata!
答！

（灑一把土是山脈獵場　你說）
（灑一把土是平原耕地　你說）

卑南溪水　潺潺流
沉吟的古調　汩汩流

Kiyak　kiyak　kiyak
蒼老的山林　富源的雉雞戀愛了
你說

kad　kad　kad
搖晃的山林　山羌呼出一波警戒
你聽
拔高　是眾的應和（在舞圈裡　你們唱）
低鳴　是獨的陳述（在舞圈裡　你們聽）

蒙著薄霧面紗的利吉山
聽著　聽著　陶醉了
醉倒在都蘭山下

太陽一抹紅地　躲到我的背籃
我要背他下山
semangalan lrayuan
lrayuan 那路　彎過

（啊！原來鍋蓋的側面是一位美人　我說）

semangalan lrayuan

lrayuan　那路彎

我離開部落的路

那路彎

孫大川

〈屈原〉（二〇一七）
〈手風琴〉（二〇一九）

paelabang danapan，一九五三年生，臺東縣下賓朗部落（Pinaski）卑南族。比利時魯汶大學漢學碩士，曾任教於東吳大學哲學系、東華大學民族發展研究所、臺灣大學臺灣文學研究所、政治大學臺灣文學研究所。二〇〇九年擔任原住民族委員會主委，二〇一四年擔任監察院副院長，現為東華大學原住民民族學院榮譽教授、總統府資政，以及臺東縣立圖書館總館名譽館長。

一九九三年孫大川創辦「山海文化雜誌社」，發行《山海文化》雙月刊，並籌辦原住民族文學獎，致力於搭建原住民族文學的舞臺，開拓以書寫為我族發聲的機會，亦是「原住民族文學」概念的最重要論述者。著有《久久酒一次》、《山海世界——臺灣原住民心靈世界的摹寫》、《夾縫中的族群建構——臺灣原住民的語言、文化與政治》、《搭蘆灣手記》等書。

屈原

有一種病，叫屈原
一種覺得不被了解的病
大鵬的志向
面對不相稱的人間世
委屈了，只好
投江

有一種病，叫屈原
一種頑固自詡的病
自虐的潔癖，拒絕了
卜居漁父列出的處方
想不開，只好

悶著

有一種病，叫屈原
一種嚴重孤芳自賞的病
忠君愛國的志向，掩蓋了他
通俗的病因
誤診了，只好
死了

有一種病，叫屈原
一種可以代代傳染的病
據說讀了書最易感染
哀郢招魂也無法
杜絕，只好
算了

手風琴

有一種情感，像風
指尖滑過，猶如
落空的擁抱，讓人跌入
失落的深淵

但是啊，有時它
吹過髮梢，卻又
彷彿是一種召喚
一次又一次
喚醒記憶中的氣息

金來姻

〈O sanek no sota〉（泥土味）（二〇一〇）

Kaheciday，一九五四年生於臺東縣成功鎮和平部落（Kaheciday），阿美族。母語教師，畢業於育達高職，現職為退休板模工，平日參與臺中市太平自強新村原住民族文化健康站活動。

多年前在與女兒回憶小時候情境時，創作出這篇文章，女兒想到小時候在都蘭鄉下與爺爺奶奶生活情景，記憶最深刻的是當時的味道與聲音，與部落特有情境。女兒長年在都市求學，繁忙的生活讓她渴望幼時鄉下的生活與感受，所以我們就共同創作成這篇文章。

O sanek no sota（泥土味）

Toya mahalatengay a kafanaan ako i, oya sinano:tay a adingo no kolol ni akong.

Ci akong ako koya mililiway to panay i facafacalan a mako:dus ko adingo no kolol ningra.

Tada sina:not cingra ato matomesay to hanatala a halaten.

Toya hanatala to sapipanayaw i, mihawihid ko kadafo to fofo a malaccay mipanay ato mipawari to panay.

Papacem to i, malosiyak I fali ko safansis saanay a talud ato macpaay su^metay a sanek no suta.

Itini i cawka i malosiyak ko fansis no hemay, o mipanayanho a panay ko kafansis nona hemay.

Itira i panpan no sasingalan no loma i, masaopo koya ciriciri, sa cirtcirt saan kosoni no ciriciri, to sapipalalaw ci cokongan- atokatok.

Toya matokatokho ko mata no ka^mangay i, masanek toko fansis no ma^cakay a hmay, ta sahalakat saan a kalamkam a pasadak to kaysin ato alapit .

Toya mifohat to pahmayan'i, masadak ko lahod no hmay I aayawan, mapalal toko kahaccay no faloco toya kafansis noya fa^lohay a hmay.

Nanofalocoan mahalaten koya fansis i, malcad toya idafakay a panay.

Masapinan a masolimet, masasi:fod a fancal.

Toya miliyaw kako a milipa to so^metay a kocinanay a sota i, hato iraay koccay masamaanay a kadadaayyan i faloco.

Saka hapopo han niyam to kamay koya palatamdaway ato mipalahaday i tamiyanan a sota i, malcad a ko^:dem kako heting no cenger ningra.

Hapopo han amicopa no ngoso i, heliphan amisalifet koya sota i, ila kono cidal a soe:met aci lamlam tono dafakay a fansis no talod.

Feliw sako fail i, malcad to kacifalian a panay, loma:ing a satapiingpiing sanay.

Ya sakandaw sanay a panay I, matahpo koya dadahalay a fonun, satapiingpiing:sa a mafeiw nofari ko mi:ming a fansis no sota.

Tada o pipalal itakowanan koya palatamdaway itamiyanan a sota, ifalocoen ami sahalaten.

（中譯文請見下頁）

泥土味

記憶裡我熟悉又溫暖的背影，
是我爺爺在田間裡巡視著稻苗那纖瘦的身影，
是如此溫柔，卻又充滿著期待，
正期待收割時，媳婦們帶著孫子一同晒穀收割的情景。
清晨時，空氣中飄散著一股淡淡的青草香味和溼潤的泥土味。
廚房裡傳出一股溫馨的米香，是剛剛收割的稻米才有的米香味道。
成群的麻雀在窗子屋簷上，嘰喳嘰喳著催促周公快快離去。
睡眼惺忪的孩童，聞見煮熟的米香味，也勤快地幫忙擺好碗筷，
飯鍋掀開時，眼前出現一陣煙霧，濃濃的米香味喚醒了每一個人的感官。
米香味的記憶，就像清晨的稻穗，
清晰而整齊，混雜又鮮豔。
當我再度踏上溼潤又綿密的泥土中，有一股莫名的感動。
雙手捧起這孕育我們成長的泥土，深灰色又近似墨黑的顏色，

把雙手捧起的泥土靠近鼻子時，聞上一口，有著陽光的溫暖混合著濃濃的青草味。
風吹來，彷彿自己是秋天的稻穗，柔柔地、輕輕地搖擺著。
深綠色的稻穗覆蓋住大片的黑泥濘，搖擺中傳出淡淡的泥土味，
是提醒我不要忘記，孕育我們的泥土、記憶。

莫那能

〈歸來吧，莎烏米〉（一九八九）
〈恢復我們的姓名〉（一九八九）
〈如果你是山地人〉（一九八九）
〈一張照片〉（一九八九）

Maljaljaves Mulaneng，一九五六年生，臺東縣達仁鄉安朔部落（Aljungic）排灣族。一九七九年因車禍使眼疾惡化，而至全盲。一九八四年與胡德夫等人成立臺灣原住民族權利促進會，長期參與黨外運動、原住民社會運動。一九九六年莫那能在臺北成立「阿能按摩院」，九二一大地震時亦擔任「九二一原住民部落工作隊召集人」。

莫那能在原運時期，受陳映真、楊渡等人的鼓勵和啟發，開始以口述吟誦方式進行詩歌創作，一九八九年出版《美麗的稻穗》，是臺灣原住民族文學中第一本詩集，表現了詩人對族群處境的深刻關懷。著有《美麗的稻穗》、《一個臺灣原住民的經歷》等書。

歸來吧，莎烏米

檳榔樹的葉尖刺頂著圓月
明亮的光穿過了柴窗
照著準備上山的哥哥
照著屋角的背簍和彎刀

背上背簍喲
裝滿小米的種子和芋頭
束緊腰頭喲
繫上祖父遺傳下來的彎刀
上山去喲上山去
雞啼已在催促沉重的步履
早春，早春的空氣
像是剛從地窖起出的小米酒一般

那開封的清香和著情歌
在百蟲交鳴的山徑旁沿途伴我上山

上山去喲上山去
莎烏米啊莎烏米
唱著妹妹的名字
不論太陽在雲海裡經過幾次的升落
不論月亮在夜空中經過幾次的圓缺
我都不疲倦
莎烏米啊莎烏米
唱著妹妹的名字
我將芋頭一粒粒地埋在土層裡
將小米一把把地播撒在田間
興奮地等待未來的豐收

哥哥帶著彎刀和火種
翻過一山又一山
莎烏米啊莎烏米
一遍又一遍地唱著妳的名字
妳的名字喲是永遠的食糧
像土層裡的芋頭
像田間的小米
莎烏米啊莎烏米
哥哥帶著背簍和種子
翻過一山又一山
在夜鴞咕嚕聲的引領下
探索古老的神話和傳說
隨著淙淙的泉水聲
思念離鄉多年的莎烏米

啊，被退伍金買走的姑娘
當妳想起山上的哥哥時
是否也一遍遍地唱著那首情歌：

妳是誰呀妳是誰
站在高岡上對著我唱
妳的人兒妳的歌聲
漂亮得超過了彩虹
你是誰呀你是誰
站在高岡上對著我唱
你的人兒你的歌聲
雄壯得超過了瀑布

啊，哥哥的思念
被綿延無際的山嶺圍困

被此起彼落的泉聲纏繞
日復一日，一山又一山
通過了夏季的炎熱和暴風雨
黝黑的身體更加健壯了
厚實的手足也結滿了繭
終於，在秋蟬頌夏的歌聲中
芋頭已累累碩大
田間的小米也翻起了鼓鼓的金浪

歸來吧，莎烏米
讓我們一起合唱豐收的歡歌
歸來吧，莎烏米
讓我摘下一片亮綠的芋葉
盛滿晶瑩的露珠做聘禮

讓我釀一甕甜美的小米酒
用傳統的共飲杯和妳徹夜暢飲
莎烏米啊莎烏米
哥哥帶著彎弓和火種
懷著不滅的愛和希望
一山又一山地
一遍又一遍地唱著妳的名字
歸來吧歸來
歸到我們盛產小米和芋頭的家園吧！

恢復我們的姓名

從「生番」到「山地同胞」
我們的姓名
漸漸地被遺忘在臺灣史的角落
從山地到平地
我們的命運，唉，我們的命運
只有在人類學的調查報告裡
受到鄭重地對待與關懷

強權的洪流啊
已沖淡了祖先的榮耀
自卑的陰影
在社會的邊緣侵占了族人的心靈

我們的姓名
在身分證的表格裡沉沒了
無私的人生觀
在工地的鷹架上擺盪
在拆船廠、礦坑、漁船徘徊
莊嚴的神話
成了電視劇庸俗的情節
傳統的道德
也在煙花巷內被蹂躪
英勇的氣概和純樸的柔情
隨著教堂的鐘聲沉靜了下來

我們還剩下什麼?
在平地顛沛流離的足跡嗎?
我們還剩下什麼

在懸崖猶豫不定的壯志嗎？

如果有一天
我們拒絕在歷史裡流浪
請先記下我們的神話與傳統
如果有一天
我們要停止在自己的土地上流浪
請先恢復我們的姓名與尊嚴

如果你是山地人

如果你是山地人
就擦乾被血淚沾溼的身體
像巨木熊熊地燃燒
照亮你前進的道路

如果你是山地人
就引動高原的聲帶
像拚命咆哮的浪濤
怒唱深絕的悲痛

如果你是山地人
就展現你生命的爆烈
像火藥埋在地底

威猛地炸開虛偽的包裝

如果你是山地人
就無懼於暴風雨的凌虐
像高山一般地聳然矗立
迎接一切逆來的打擊

如果你是山地人
當命運失去了退路
就只剩下一線生機——
背山而戰

一張照片

微微地將心靈的門啟開
用盲人靈敏的指尖
細膩地撫摸這張照片
流連啊流連
輕薄的紙片上
五彩繽紛的顏色慢慢復活了
圖景中的人們
也開始回到了他們相逢的那一刻
我彷彿又聽到了柏克萊廣場上
那哀傷的黑人歌聲
在雜耍團的喧笑聲中流蕩、
沉淪，不遠處

一陣陣時緩時疾的鼓聲
卻有如咒語般地響起

流連啊流連
當我正嘗試發動所有的神經
準備打量那位向我借火的黑妞時
廣場上的歌聲、鼓聲、喧笑聲
依然不斷地雜亂震動
像一場剛剛發生山崩的泥石
紛紛墜落歷史的大河谷：
那鼓聲，彷彿響自非洲的大草原
在白人一波又一波的獵捕中
黑人的祖先敲出預警的木鼓
並不安地發出逃亡的心跳
那歌聲，彷彿響自無邊的大西洋

黑人的祖先在黑暗的牢艙裡
因思鄉而低唱，因鞭打而呻吟
那喧笑聲彷彿響自白宮的辦公室
政客們用人權計算著政治資源
當他們發現少了一個奴隸就多一張選票時
得意地發出了勝利的笑聲
白人說，黑人終於脫下了奴隸的外衣
在自由女神正義之光的照射下生活
可是，為什麼貧窮、歧視、失業、酗酒
卻依然圍困著他們？

自由女神啊自由女神
究竟照亮了誰的自由
是那凍臥在妳腳下的流浪漢嗎？
是那在戰爭與苦難中掙扎的第三世界嗎？

不，
自由女神啊自由女神
妳放射的光芒像刀刃，像吸管
插在世界上各個有利可圖的角落
插在我故鄉的土地上
也插在黑人黑色的命運

廣場上的鼓聲再度響起時
黑妞和我已親愛地擁在一起
快門隨即響起，時間停止了
但是，歷史並沒有停止
黑色的命運也沒有停止
這張照片已不再是一張輕薄的紙片
我知道，我擁抱著的
是你們的也是我們

哀傷的過去
與戰鬥的未來

卜袞・伊斯瑪哈單・伊斯立端

〈Baintusas nipun tu havit〉（被拔了牙的百步蛇）（二〇〇九）
〈Malalia tu usaviah〉（變調的烏紗崖）（二〇〇九）
〈Bintuhan mas pushu〉（星辰與塵埃）（二〇〇九）
〈Lu'u〉（炭火）（二〇二〇）
〈Sinpakadaidaz tu asang〉（愛的家園）（二〇二〇）

Bukun Ismahasan Islituan，一九五六年生於高雄市那瑪夏區，郡社群布農族。國立中正大學臺灣文學碩士，橄欖球國手退役，曾於國、高中任教，擔任過原住民族委員會第七、八屆專任委員、布農族語推動組織召集人等要職。擅以族語寫詩，詩作涵蓋神話傳說與文化典故的講解，企盼引領讀者進到布農族文化語境與心靈世界，格言是：沒有文學的語言，是死亡的語言。現任臺灣布農族語言協會理事長、高雄縣三民鄉布農文化發展協會理事長，在那瑪夏經營露營營區，致力布農族語研究與推廣。著有《山棕月影》、《卜袞雙語詩集——太陽迴旋的地方》、《山棕・月影・太陽・迴旋——卜袞玉山的回音》等書。

Baintusas nipun tu havit（被拔了牙的百步蛇）

Niang a mata aitisbaias titi	從未被野獸逃脫過的眼睛
Niang a vakal painpungavas titi tu dapan	從未跟丟過野獸腳印的腿
Maldadaukang a busul tu malai mais ispanah	槍仍如往昔神準無比
Babaintusan a havit	百步蛇正被拔著牙
Palkaunan a hahanup a mas titi	獵人被誘以野獸
Tinkaumanin a tiantasa a mais ispanah	槍擊發的聲響變小了
Maz a na ispatilumah a hai min'itu pakpak tu tataku	用來報喜的成了大耳鬼的湯匙
Babaintusanin a havit a	百步蛇的牙正被拔著
Masibasin a hahanupan	顛倒了的獵場
Tis'anak'anakanin a kai'unis dangal a sia dangal	製作捕獸鋏的人被自己捕到了
Daan titi hai usaisas hanitu mal'a'ahu	鬼替代人在野獸的路徑設陷阱

Babaintusan a havit

Ukis na ispalahtangia
Ukis na iskusia mapatvis
Aiza ta'azaun tatangis sia paatusan
Maikusnatanngadah dalah

Mais tu'i'ia a tutut hai
Babaintusan a havit a
Babaintusan a havit a

——Bukun 11H. 3B. 2002P. labian mishang
hai malaspus damus Lipung tu hahanup

百步蛇正被拔著牙

沒有可舉行射耳祭的了
沒有可祭獸骨的了
有聽到哭聲在火祭場
從地底下的深處

當嘟嘟鳥鳴叫時
百步蛇正被拔著牙
百步蛇正被拔著牙

——午夜
懷念被警察捉去的獵人

Malalia tu usaviah（變調的烏紗崖[1]）

Aisidas haidang tu taklis	血的源頭
Mai'auvas minihumis tu tina	曾是撫養生物的母親
Maipinhatbas minihumis tu tama	曾是讓生物強壯的父親
Inam a kasuun tu kanum	您是我的胸膛
Maisimadaingazan tu taklis	源自祖先的根
Inam a kasuun tu isliliskut	您是我們的拐杖
Inam a kasuun tu mutmut	您是我們的雲霧
Inam a kasuun tu sasaipuk tu is'a'aminan	您是守護我們的智者
Kasuun hai inam tu kat'uvaazan	您是我們的子宮
Mutaul a haidang a isu	您往下流的血
Mulanbus tininghaulili tu madiav tu vus	和漂浮的黃色汁液混合

Intaustubas madiav tu hatabang
A
Isu a susu
Kaupis 'iv'iv mas hudan mas vali a itu tuskunang

Palubantiahan a kasuus batu tu sintas'i
Is'iahdut haidang tu isu
Pintiahavun a kaimin
Pinngiuun a kaimin
Avazun a inam a isaang sia kalapatan
Hai tu
Kunivanang hau a buan tu

您的奶被黃色的蟑螂
給
咬斷
僅剩空氣和雨水和太陽是共有的

您被施咒過的石頭壓著
以阻斷您的血液
我們給變成了瞎眼的人
我們給變成嘴斜了的人
我們的心被放逐於山崖
不過
仍驕傲地對月亮說

1 布農族人稱玉山為「烏紗崖」。

Langat i
Niang a kata halavas 'iv'iv mas hudan mas vali

無所謂
我們的空氣和雨水和太陽還沒被搶走

Bintuhan mas pushu（星辰與塵埃）

Maz a samanghan a baintuhan a
Mas
Sananastuan tu pushu a
Hai
Maitasa a naia

Maz a mataz a
Mas
Minhumis a
Hai
Maitasa a naia

Maz a iktuus mais mataz

仰望的星辰
和
俯瞰的塵埃
是
一體的

死
與
生
是
一體的

種子若是死了

Hai
Mi'uluk mihumis
Maz a bunun mais haltumunin
Hai
Musuhis mais malinamantukin kaullumah
A
Kazik ka isnasaintin

就會
長出新芽活出生命
人若葬了
就會
在坐正了時返回家裡來
啊
我只是落在這裡

Lu'u（炭火）

Laning'avan a dalahan mas ku'isnah tu danum
Tinghaulili a bunun kalinasaiun sia ludun
Ukas maz tu inaadas
I
Ni tu haiap tu
Is'ukin a na tunsuhaisan a

Minhanivang a bunun
Minkaivalkaival a bunun
Ukin a na sanadaan sadu mais na matislut
Mukakapa a bunun mais mudadaan
I
Mapising mais tiskapat mutingkul

大地被不乾淨的水淹沒
人類漂流到山上
沒有攜帶任何東西
因為
不知道
要回去的地方已消失

人心惶惶
坐立不安
前進的標的已消逝
匍伏著身子前進
因為
深怕被絆倒

Mai'avun a Dihanin mas haipis tu hazam
Ansapah lu'u tu na paitu bunun
Na isansinghal bunun mais labian
Na ispiinanghat bunun mais makazav
Na ispalusiuh bunun mais kandudumdum
Ispishatba mas bunun tu inastutin
Maz a lu'u a hai itu Dihanin tu isaang

天神曾經派遣紅嘴黑鵯鳥
含者炭火給人類
夜裡照亮人類
寒冷時溫暖人類
夜行時照亮黑夜的路
茁壯大地的人
炭火是天神的心

Sinaivan amin mas Dihanin a iskakaupa mininhumis mas halinga

所有的生物天神都賜予語言

Kaupa mas bunun tu minihumis a mahansiap makupatasan palinanutu

只有人類曉得用文字說話

Kai'unian mas bununtin a patasanan tu lu'u
Maszang vali
Maszang buan

文字是人類製造的炭火
像太陽
像月亮

Maszang bintuhan
Tu
Santaishang mas madumduman tu dalahtan
Maz a patasanan
Hai
Sinsuaz Dihanin sia itu bunun tu isaang tu lu'u

像星星
般地
照亮黝黑的大地
文字
是
天神種在人心的炭火

Sinpakadaidaz tu asang（愛的家園）

Minhaiul a balivusan

Tu

Is'ukaanis ngaan tu itu Bunun

Ni a kunian tu Mulaku a balivus

A

Masahlaz mas itu bunun tu bahbah

Mahaltum mas taisah tu itu bunun

Ladimpuh mas itu vali tu nanghat

Kalikusbai mas itu bintuhan tu pipitpit tu singhalis labian

Ma'aumut mas itu buan tu ispalsisiuh mais labian

Madiul a dalahan mas vali

Ma'avun a Dihanin mas

Mantanaskaun sia vau tu hanitu
Kausia
Paihtias bahbah mas haidang tu dalah malusapuz
Na ispinanghat ispisvala
Mas
Ainsapah hazam tu is'ang

Masuaz a kaimin tu tasa mas laung'asun tu lukis
Maku'uni mas
Kaidahpaan
Kaipisingan
Kaikulkulan
Kaihanimulmulan
Kaisalpuan
Tu

Madanghas tu dalah masuaz

Sinpanghal a lipuah a isaitia a mas Dihanin

Tu

Maaz a daidazan hai mapinhumis mas bunun

（中譯文請見下頁）

愛的家園

颱風變得狂野了
在
失去了布農名字之後
被稱為莫拉克的颱風
不會
珍惜人類的眼淚
埋掉人的夢想
淹沒太陽的溫暖
吹走星辰夜裡的閃爍
悶住月亮夜晚的照射
大地和天空　赤紅

天神差使

右肩的精靈
到
眼淚和血停住的地方起火
要用來　溫暖　安撫
那些
飛鳥銜過來的心

我們種了一棵欒樹
用
痛心
驚恐
顫抖
寂寞
思念
的

紅色泥土種植
它的花是天神
愛
讓人存活　的標記

伊替・達歐索

〈祭語〉（二〇一二）
〈部落之歌〉（二〇一五）
〈不可觸知的邊緣〉（二〇一七）

itih a ta:oS，根阿盛，一九五七年生，苗栗縣南庄鄉巴卡山部落（kapaka:San）賽夏族。二〇二二年五月過世。

作品側重賽夏族的傳說與生活信仰，以此重建族群的核心精神，二〇〇二年以〈矮人祭〉於文學獎嶄露頭角，後分別以〈朝山〉、〈屋漏痕〉獲得兩屆原住民族文學獎小說首獎，頻獲原住民族文學獎肯定。他的文學語言浸透著賽夏文化典故，擅長以憂悒卻又勁韌綿長的語調，描繪不斷撕裂又縫補、被摧折而又持續繁衍的族群和生命圖像。著有《巴卡山傳說與故事》。

祭語

祭酒向天與地揮灑
在荒野，透明如魂魄
輕啜的豪飲的，都在尋求一種
無須擔在身上的
飽足

喔！卡以那貝[1]
小孩已如芭蕉一樣快速成長
快速試煉在狂風中
讓膝顫抖
讓眼蒙塵
讓熟悉的澈底改變
變成僵化的舌根

唧上一句賽夏，比呼吸困難

眾魂喧嘩
高高低低急急切切
說那弦月割耳，星海垂淚
種種傳說種種苛責
種種未現的，巨大悲哀
喔！卡以那貝
回溯的魂魄呀！
為何在鮮明的節奏中，進退維谷
一逕說著含恨與悲傷的話
卻不讓我們尋找失語的

1 卡以那貝：此為歌謠的起音，一如「阿彌陀佛」。

藥方

醞釀已久的嘲笑和奚落
尖銳的　軋軋的　嗡嗡的
再度攪擾，橫在流星前的祝願
願那漫天飛舞的　群蝶
奮不顧身地撲向
花蜜　然後祭向
千古之語，說拜別
喔！卡以那貝
那貝

部落之歌

蓬萊溪源自於加里山
照拂滿布雲霧的山脈和河岸茂密樹叢
在溪水暴漲和乾涸之間看見了季節。
遠山，盤旋張翅滑翔的老鷹
蕩出猛禽特有高鳴——古奧　古奧　古奧
巴卡山嬰兒哭聲在風中響起
響在部落母親噙滿欣喜的眼睛。

命名，如天上星辰獲得辨識
在貼草儀式中被高舉向天
脫落肚臍早已包入芭蕉樹新葉
祈獲雷女狩獵開墾強大力量。
增添一把弓而受贈箭鏃之後

從老人膝上滑落笑聲中
聽見古老歌謠在舌間傳詠。

不斷聆聽長者天地之間的祭告
蒙塵眼睛轉為透亮清晰
膝蓋如野鹿般跳躍。
忙碌雙手揮舞著流汗歲月
在老人菸袋空了又滿的時候
隱約看見或親暱或爭吵的物質世界
便帶著求生為它而戰。

學會感謝與分享
從獲得獵物和歡宴中看見慷慨
求親訂婚結婚伴手著糯米糕，酒和豬肉
交換飯糰、箭鏃、紡線頻遞習俗傳統

中年歸寧再嘗糯米飯中粒粒的喜悅
擁泣的除喪悲傷共飲美麗與哀愁
重複祭告而明白生存永遠沒有結束。

只是沉寂而未消逝的祭典
散發如痴如幻迷人漩渦，讓
得以飽足的精靈指出斜背竹簍的愚蠢。
木臼上古老的叮嚀與訓誨，指責
聽厭蟬聲齊鳴而樂聞渾濁洪水聲
不再聆聽細細幽幽泉韻警示
抄近路的終點將愈遠離開端。

部落隨著太陽東升月亮西沉
古老傳統轉動在候鳥來去之間
如彩虹般的四季，如門後守候的冬爐

如一片芒草在秋月中搖曳。
嘗過孩子在背上甜蜜睡眠
無力再扮演逗樂丑角
前往祖靈世界的時候到了。

生命永遠沒有結束，我始終活著
我沒走遠，聽著孩子的聲聲召喚
在風中在雨中無法停止地投向部落。
傳誦的故事如瀑布般由上傾瀉而下
像首次將獵獲物的靈魂釋放
在忍不住想唱幾首
非唱不可的歌，而歌。

不可觸知的邊緣

以藤為杖的魂魄呀！沿著疲憊的溪流蜿蜒成隊
細瞧芒草葉折痕方向　請前來。
看那發芽得已如鏽熟黃，赤楊木仍在懸崖苦苦活著
當秋雷響得讓飽黃稻穗愈垂愈低
當風兒輕撫高掛小米，是因醉了酒莽然舔舐媳婦臉頰
驚嚇禁聲墜落　而傾倒所有恩賜埋下怨懟與恨

化身群雀旋繞在傾斜的背簍
已無糧善待　走吧　飛吧！
飛越獵寮，莫停留萬箭竹叢。
傾聽急躁激辯存亡輕重的如波蟬鳴，
看那熟在中秋的山柿映照嫣紅的惹禍晚霞
點燃不安血液，在午夜渴望真實洶湧

不依靠誰的旨意　習得討喜和贖罪
柔細張羅筵約，供奉豐盛粟米
在不可觸知的邊緣游移　戰戰兢兢
讓夜幕裹住所有的　夾雜的亢奮與憂傷
似深潭般的濃霧　漂浮那頑強魂魄
炯炯逼視悲愴和喜悅歌謠，連搖擺在內。

幻作綣戀的金龜子，振翅飛入荊叢
巧織交錯如痴如魅的芒刺圖騰
在楓香樹蔭探頭探腦　欲拒還迎地左右張望。
芭蕉因枯萎而孤獨，湧泉依舊梳著新芽不止
當太陽照住了瞳孔白膜，乃在
月光下完成了許多謙卑。

請回去，沿著讓腿痠的溪逆流而上

以蘆葦作標誌　架起支離破碎的赤楊木為橋
饗食米糕細嚼鰻魚　不使成餿。
一群無居處的遊魂呀　別再乘涼逗留
別再挑逗　撲倒泥巴不潔的分手
或許只是送別一堆未曾洗滌的衣裳。

藏在隱密的矮靈，別再不情願
要如何記上多大一筆衝突呢
必須從賽夏的心開始觸及
必須學習更多的激情與記憶。
縱使矯情使你們唾棄而失望，
而在任何可能的角落　觸動著顫慄和報復
就讓灼灼發亮的山棕葉，翻攪存亡的冷肅吧
就讓賽夏躡手躡腳迎薦難以飽足的世紀魂靈

讓賽夏，在不可觸知的邊緣
無法移動分毫。

温奇

〈無論多少呼號〉（一九九〇）

〈日落〉（一九九二）

〈你是一座山——向查馬克老師致敬〉（二〇二一）

〈與胃同行〉（二〇二一）

〈如果沒有黑夜〉（二〇二二）

Ljavuras Giring，雅夫辣思．紀靈，高正儀。一九五六年生，臺東縣金峰鄉卡拉達蘭（Kaljasjadaan）部落排灣族。臺大哲學系畢業，臺大國發所碩士，曾為高中教師，現已退休。

一九九〇年代初期曾自印「南島詩稿」系列詩集：《練習曲》、《梅雨仍舊不來的六月》、《拉鍊之歌》三冊，流傳於朋友間。這時期的詩作大都發表於《山海文化》雙月刊與《誠品閱讀》。退休之後重拾舊筆，寫詩自娛並嘗試族語詩的創作，作品不定期在社交媒體發布。著有詩集《風吹南島》。

無論多少呼號

無論多少呼號多少寂冷
請聽，這綿密的鼓聲
是靠近天堂的步伐
或是一陣騷動
自地獄傳來

你憂慮，密林中的蕨類
已蔓生在失神的雙足
今夜加速的行程
驅使靈魂循向記憶
循向倒立行走的童年

你憂慮棒喝仍否
震動人心，喚起沉睡
或將娓娓地訴說
海嘯與陸沉的遭遇
使竊聽的河面悚然

你憂慮唱腔雷同
遍地是乞丐與酒徒
雜草吞沒所有墓碑
早夭的志願不知埋在何處

當抽屜抽出虛空
虛空釘牢棺木
凸出的眼珠不再等候
而缺席的雙手是否已供成神桌之上

一對交叉的鼓槌

（此詩為聆聽莫札特〈安魂曲〉有感而發之作。）

日落

在我們狂愛的音樂裡，尤其那搖滾而來肚皮和鼓點，湧向青春偎靠的灘頭，風群踩過苜草，每一管菸從我們上仰的鼻孔旋出叛逆，向黃昏扭腰，或練習抗議。

更尤其，害羞的淚水浸溼過的歌謠，加速愛與夢的風化，我們才剛學會，就拚命地喊：吾愛呀吾愛、吾愛呀吾愛……

在後來逐次失甜的擁吻裡，畏懼風的流竄，趕緊扭開樂盒吧！放出音符，讓漸老的細胞與夕照共舞，讓後來居上的銀髮飛揚，讓所有禁閉的欲望追隨煙煙雲雲，以自由式的長臂划向西天，划向蠢蠢欲動的黑絨布幕。

你是一座山——向查馬克老師致敬[1]

你走了，卻未離開
像瀑布轟然跌落溪谷
濺碎成無數的水花霧氣
在潭面上夢幻般瀰漫蒸騰
一遍又一遍

傳唱，不只是唱歌[2]
神話傳說詠嘆歲月的婉轉悠長
植根土地的部落訴說興衰悲喜
一字一句地教
一音一韻地唱

心打開了，身體就開了[3]
初綻的百合在風中搖曳
思念是細雨在群山之間灑落[4]
昨日即明天，過去是未來
孩童擁抱老靈魂
瞬間與永恆並肩

1 查馬克·法拉屋樂（Camake Valaule，一九七九—二〇二一），屏東縣來義鄉丹林村，排灣族人。師專畢業後在同縣泰武國小任教，以祖輩口傳心授之法長期從事古謠採集、教學與傳唱，推展排灣文化，卓然有成。參加縣市、全國及國際競賽屢屢獲獎，受邀表演更不計其數。今年（二〇二一）參與由陳耀昌醫師歷史小說《傀儡花》改編，曹瑞原導演的劇集《斯卡羅》，飾演一八六七年「羅妹號事件」當時下琅嶠十八社大股頭頭目卓杞篤的角色，該劇殺青並於八月中在公視播出，其演出甚受好評。未久即傳出英年病逝的消息，時年四十二歲。

2 語出查馬克：《二〇一六〇五二〇南二區活動：查馬克老師泰武歌謠傳唱演講》之 YouTube 影片。

3 同前註。

4 意象源出：同前註。

你走了，卻未離開
像一座山把自己留下
滑落溪澗的碎沫是你的魂
山嵐與晨霧是你的魄
孩子反覆傳唱你傳授的心

如今，你可以欣然坐擁煙雲
遙望昔日海上的風吹沉大船
你像雨後的彩虹
留給族人，留給島嶼和世界
一瞥：定格的
華麗轉身[5]

5 見註1。

與胃同行

坐在陽臺的九月
借些許天光
晨風翻過書頁
紅茶微調
以文字和茶香
讓自己和胃平行共處

我要去哪裡
胃在做什麼

有了開始就不擔心以後
總有一段旅程，一輪滾動
或一個落腳

有時美好，有時
嘔氣或無力

聽音樂或打個盹都無妨
肚子有它不隨意的自由

洗衣機在遠端轆轆
不絕的鳥鳴終於離去
稍遠稍遠的街頭
機車騎著市聲咆哮劃過
湊熱鬧的狗吠跟追

我從字句的迷霧中脫困
胃也無聲地做好它的工

感謝這一切
平凡如水的早晨
秋光像欒樹小黃花一樣燦爛
天空難得無雲
我和我的胃無恙
陽臺牢靠
風依舊嫵媚

如果沒有黑夜

如果沒有黑夜
燭光將為誰搖曳

如果不再有遠方
思念將寄往何處

如果潭水不冷
腳尖如何反推瀑布的熱情

如果海岸線不夠筆直
愛戀的綿長誰能測度

如果最後一場飛絮落地
是否午夜的嘆息才將開始
如果沒有淚痕
歡笑還會有靈魂的複音嗎
如果失去了蘆葦
秋天的輓歌將為誰譜寫
如果沒有一路吹著口哨
誰為痴迷的黃昏引路
如果沒有黑夜
白天向誰哭泣

林志興

〈太太的情人〉（二〇〇〇）
〈時田釀的愛情酒〉（二〇一一）
〈鄉愁更愁〉（二〇一四）
〈If one more time, could you more and more?〉（二〇一六）
〈用腳踏訪〉（二〇二〇）
〈陪妳野餐〉（二〇二二）

Agilasay Pakawyan，一九五八年生於臺東，父親來自卑南族南王部落，母親為阿美族人，妻子為屏東的排灣族人，家庭組和多元。國立臺灣大學人類學系學士、碩士、博士。

自青年時期便參與詩歌與文學創作及卑南遺址的搶救工作，後來受邀到臺東史前博物館工作，擔任過助理研究員、研究典藏組主任、南科分館籌備處主任、副館長等多項職務，發表過多首詩作及研究論文。

曾自影印詩集《檳榔詩稿》與排灣族詩人溫奇互為唱和，而早期〈鄉愁〉、〈我們是同胞〉、〈穿上彩虹衣〉等作品，經由金曲歌王陳建年譜曲演唱而廣為流行。另著有詩集《族韻鄉情》。

太太的情人

太太愛上了別人
那人是
皇后魔鏡中的幽靈
害得她
得空　就伴他對話
沒空　也戀戀苦思

才清晨
　她已痴痴凝望
到凌晨
　猶倦倦不肯分離

悄悄地　悄悄地
先生不敢怨妒
怨妒誘人的電腦
因為
先生也有了戀人

先生的戀人
　藏在書中
　躲在字裡行間

他們愛在格子園裡的
孤燈下幽會
更喜歡
徹夜把熱情灌注到
一畦畦的園中

巴望著
一畝畝的詩果

時田釀的愛情酒

被稱作「時田」
我以為那是殖民的標記
是皇民化的烙印
萬萬沒想到
那是你們愛情的印記
在冰冷的殖民主義者面前
誰說我們只是被動

男的 Tuki 和女的 Daduway
結合為 Tuki-da
再轉音為ときだ
最後標上時田的漢文
誰也看不出那是愛情的配方

如詩如酒的芳香
只會心地流轉在孩子們的口語裡
成為新的傳說

被稱作「時田」
原來是你們愛情的印記
在冰冷的殖民主義者面前
誰說我們只是被動
這愛情的配方
如詩如酒芳香孩子們的心

後記：

二〇一一年七月十四日在二叔 Toyosi（林仁誠）Papuru（寶桑部落）的居所裡，我聽到他向日本學者山本芳美解釋，咱們家日本姓氏「時田」的由來。

二叔說：「會取時田（ときだ）兩個字的原因，是我的父親 Tuki 把他的名字和我的母親的名字 Daduway 的第一個音 Da 放在一起的關係，Tuki 加 Da 等於 Tukida，變成了我們的日本姓。」當時在旁聆聽的我直誇祖父的聰明，還未領會其中更深的寓意。這新鮮的故事在我腦海裡晃盪了幾天，居然愈陳愈香，讓我從名字的故事裡聞到愛情釀的酒香味，原來我那從未謀面的祖父和數年前才以高齡九十五逝世的祖母，竟然相愛得那麼深刻。

原來祖父藉著日本皇民化的歷史大戲，悄悄地把自己對妻子的真愛刻到不得不配領的姓氏裡去；他讓兩個人的名字緊連在一起，讓那新起的姓氏中「有我也有你」，深刻到讓子子孫孫們都能透過這個姓氏記住他倆的結合才有我們，我們的繁衍是對他們永生的紀念。不過誰也沒有料到歷史的弔詭，那個外來的、強勢的日本政權只維持了五十年，而讓我們掛勾的日本文化，也只在我們的家族史裡渡了二代就消失了，但當年 Tuki 藉著自我取名時刻寫進去的愛情，卻美麗透頂。

也許 Tuki 加 Da 幻化為「時田」（ときだ）的文字排列組合只是一場偶然（到底，對他們來說文字書寫是新鮮的事，取一個血緣主義的姓名代表自己更是新鮮的事），但是 Tuki 加 Da 的聲音和「時」與「田」的文字結合裡，卻充滿愛情的宣示，宣示「我倆永遠在一起」，透過字的選取，更預告愛情與生活的田園會在時間和空間的交錯結合下發展與延續。

雖然，祖父識字不多，但無妨他胸腹中天生富有的浪漫與詩意。也難怪，我聽說當祖父罹患肝病之際，我們的祖母寧願「傾家蕩產」，賣田賣地，盡一切可能力挽祖父於世，那怕片刻也行。但，天地不仁，即使散盡他們曾經共同擁有的田園，就是不讓她如願繼續擁有相處的時間。田留不住，時間卻證明了無形而永存的愛情。我的祖母，為他，我的祖父，終身未再依卑南之俗招贅新夫。那時間之河裡發酵的愛情田園，始終在他們真實生活和相互記憶的時光裡醞釀。「時田」這個姓氏，雖然只是偶然地在我們 pakawyan 家族歷史的長河裡漂過，一九四五年之後，又在新的歷史洪流、中華國族主義漢化運動之中，被「林」字替代，無緣伴隨 pakawyan 的子孫繼續前進，但我們仍要記住這兩個字的組合，重點不在歷史，而是因為那兩個字有 Tuki 和 Daduway 堅貞又美麗的愛情灌注其中。

鄉愁更愁

鄉愁，不知唱了它幾千幾百遍，愁更愁！
只因為化身紳士的豺狼，不去反增
趁金融海嘯重創之機進行無聲的掠奪

法基舅舅存款不足
依那阿姨遭到查封
拍賣農地的表哥
只好揮別這世居千百年的故鄉
遠走他鄉

馬蘭聚落消失了
都蘭、馬武窟、加走灣的土地
片片轉入號稱新住民的富紳戶頭

在原地生出一棟棟豪宅與民宿
民宿啊民宿，你成了原住民的劫數！

來自遠方的新主人呀
歡迎你們前來養生
我們只能用我們的流離與失所
祝你們
長
命
百
歲

後記一：

我寫的小詩，然後由陳建年譜曲演唱的〈鄉愁〉，似乎感動了很多人的心，但是，並沒有改變我們原住民的命運，我們沒有更珍惜自己的土地，這幾年土地流失的情形更快。在經濟不景氣的時候，我們仍是最先失業受傷害的邊緣底層人，常陷生活危機，讓資本主義社會的制度更容易勾引我們賣地，資本家、有錢人更容易取得我們的土地。在我的親友間不斷發生令人遺憾、令人傷心的故事，而我們竟毫無辦法可以應對。心有感傷，於是我寫下了這首詩，見到流落的親人，我在詩中竟升起排外的情緒。就是因為這樣，今年（二〇一五）中秋連假得空進入電影院看《太陽的孩子》影片時，就忍不住心有感應地熱淚盈眶。

後記二：

嘆有十名子女的大阿姨守不住以四百萬抵押貸款興建的房子，最後落入了西部客的手中，改裝成堂皇的民宿。從此，看到如雨後春筍般浮現的東海岸民宿就心痛。每一間豪宅與民宿的出現，都顯示了可能有一家或一家族的阿美族人，又因生計永遠離開了祖先的土地，鑽入都市深處覓生。

從荷蘭人和鄭成功登陸臺灣的那一刻起，這個宿命一直沒有改變過，再多的政策與保護措施都像用竹塹構築的防護措施，擋不了海嘯的來襲。

原住民，你到底有沒有希望呀！

當我歡唱感謝捐款十萬的時候，沒有注意他們用十倍、百倍的價錢買走了我們立根的土地。

If one more time, could you more and more?[1]

一頂鴨舌帽
滾一襲肥腰獵裝
拄一支高檔登山杖
伴一身鮮綠衣帽資深美女
出現在維也納壅塞的電車裡
黃皮膚　黑眼睛
旁若無人地說著
遙遠的東方
怎麼能不成為獵物？
果然，就在到站下車的剎那
發生了事情！

但，沒有三兩三

那能拄杖上梁山
他忽感妖氣逼身
有一隻如蛇的手鑽入衣體
乃反射性地施展鷹爪功
一把攫住的
竟是，少女的柔荑

獵人反成獵物
她像中了陷阱的狐狸
擺盪著棕色長髮
閃爍著驚慌灰眼

---

1 本詩寫於二〇一六年四月五日遊維也納時，於名為「博物館」的地鐵站下車之際，遭遇扒手的心情故事。族兄孫大川先生覺得好玩，常於聚會時要求作者朗讀。至於詩題，是作者故意不求標準英文語法所致。

拉扯著淒求脫困

放或是不放
竟成老頭難題
許仙，許仙，何懦耶？
遂讓她留在裡頭
他到外頭
望電車奔馳離去

不過是驚鴻一瞬罷了
帽在，杖在，槍彈依舊在
那觸身猶溫的餘悸
竟平添一個老頭的悵惘

暗忖
衣服彎摸太ㄇ……
懇求摸爾顏摸爾……

用腳踏訪

讓我們用腳踏訪這一片山河天地
看一看　溪水顏色是否仍然清澈
踩一踩　土地彈力是否依然飽滿
探一探　萬年生命是否自然而然
聞一聞　四野空氣是否天然清新

讓我們用腳踏訪這一片山河天地
乘著我們還有力量邁開步伐之際

陪妳野餐

妳的人生畢業了
典禮，來了意料外的人潮
送妳登上千風號列車走了
向未知的世界，天國去了

典禮的午後，家人族人友人
女的到妳的田裡去 temalri'uma
在妳種過的撫過的花草間緬懷
男人都到河裡去 purebu 生火堆
用縛有陶珠的五節芒沾水淨身
更向火裡投入三粒白石並唸著
「等這火燒爛了白石再相見」
昨天

在 taramaw 靈媒的帶領下
家人族人友人又到了河邊
不怕一夜的綿雨漲起的水
細雨中男男女女一一下水
頂著寒風 kisuap 行祓禳
一而再再而三進行的儀式
都是在好好地小心地告別

今天
男人們再度集合整裝出發
向東河叫的成橋的地方去
進行 meraparapas 的活動
要卸下多日來的心靈負擔
我們在歇腳野餐處設竹架

把妳愛吃愛喝的一一掛上
米酒伯朗美式黑咖維士比
Semi啊，我的愛妻
祭師長老們都說妳會來吃
我就離開眾人來陪你用餐
吃著吃著碗中的辣椒太辣了
眼淚怎麼也止不住地流下來

Semi啊，妳會來吃嗎？
還是，要等到……要等到……
那些白石頭燒爛了以後……

曾有欽

〈鐵工的歌〉（二〇一一）

Pukiringan Ubalat，一九五八年出生於屏東縣三地門鄉賽嘉村，排灣族。國立臺灣師範大學文學博士，族語認證「優級」通過。

於教育界服務四十三年，任職校長達二十三年的時間。曾任國立屏東科技大學兼任助理教授、排灣族民族議會常務委員、屏東縣三地門鄉賽嘉部落主席、原住民族電視臺主播等，現任三地門鄉第十九屆鄉長。

鐵工的歌

趁我們收拾疲憊與勞苦的時候
太陽已偷偷回家躲進黑幕裡
而　多情又害羞的月亮也悄悄斜掛在星空夜
浪漫地催促部落青年
快快　抓把吉他
彈掉一天的汗臭與鐵灰
彈唱今晚的情歌：我要 kisudu[1]

今天晚上我要 kisudu　我要找妹妹
我去看到 Aluway[2] 的時候
原來她在 emavaavai[3]
啊！做年糕？為什麼
因為　頭目的兒子要來求婚

噯呀！又是貴族
mulimulitan 琉璃珠一串十萬
reretan 陶壺一個六萬
alis 熊鷹羽毛一隻兩萬
還要聘金、殺豬、砍木柴、搭鞦韆，很貴呢要貸款！
怎麼辦　我　鐵工又平民？
你　平民　唱啊：
「妹妹的男朋友　完全都是 mazazangilan 貴族
不像我這個小小的 atitan 平民　沒有資格愛上妳
妹妹的理想沒有我的存在

---

1 kisudu：排灣語，「拜訪女朋友」之意。排灣族習慣上，在夜晚時，男子會到女朋友家唱情歌。

2 Aluway：排灣語，排灣貴族女性的名字。

3 emavaavai：排灣語，「做小米糕」之意。排灣族習慣，在貴客來訪時，會做米糕款待。

把我丟在山的那一邊
Kavala lacing sun sakavulin ni ina
（盼望妳是野菜，媽媽把妳摘回家）
Cinusu a lasalas i vavucungan ammen
（黃水茄串成花環，我是結尾處那一粒，最不起眼）」
a-i[4]……好可憐！你們排灣族真的很愛搞階級、搞政治！

今天晚上我要 kisudu　我要找妹妹
我去看到 Aluway 的時候
原來她在 emauaung[5]
啊！為什麼哭泣
因為她不喜歡嫁給那個頭目的兒子
是喔太好了！很高興　我？
ai- sa[6]！彈吧　am 到天亮[7]：

「Maya maya azuwa niaken na azuwa[8]
我為妳砍柴，我為妳挑水，我為妳做花環
Maya maya azuwa niaken na azuwa
我為妳戒酒，我為妳戒菸，我為妳上教會
Maya maya azuwa niaken na azuwa
我為妳頭痛，我為妳感冒，我為妳發高燒
Nui kasun na masalu[9]
如果妳不相信，如果妳不了解，今天晚上我們唱唱歌！
Nui kasun na masalu，如果妳不相信……」

---

4 a-i：排灣語，嘆詞，含「疼惜」之意。

5 emauaung：排灣語，「哭泣」之意。

6 ai-sa：排灣族慣用語尾詞，有「是嗎?」反問之意。

7 am 到天亮：部落青年通常可以用 am 吉他和弦彈唱情歌到天亮。

8 Maya maya azuwa niaken na azuwa：排灣語，「她是我的唯一」之意，通常出現在歌唱首句或副歌。

9 Nui kasun na masalu：排灣語，「如果你不相信」之意，通常出現在首句或副歌。

好了　好了　不要唱了
月亮不見了
太陽快來了
我們　還要
鐵工

梁芬美

〈詠嘆調〉（二〇二二）

Baitzx Niahosa，芬美．尼亞賀灑。一九五八年生於嘉義縣樂野部落（La'lauya），鄒族。美國加州大學聲樂表演碩士，副修戲劇、長笛，曾到意大利進修美聲技巧及歌劇。走唱世界一百餘國，美聲唱法展現高山原住民族悠揚的風格。近年返回鄒族部落，希望將所學傳承給青少年。也積極復振鄒族織布，從學習中尋找鄒族傳統織布的技術及藝術，同時推動復振原住民族語言、文學、音樂和文化傳承。二十年來幾乎每年參與聯合國國際原住民族論壇，支持國際原住民族議題，參與重要發表聲明，為世界原住民人權，以及人類的永續發展而努力。

認為每個人都是一段精彩的故事，隨筆書寫就如同挑動一首歌的韻律，傳達感動。

詠嘆調

舞臺描述著孤獨為愛堅持到老的故事
黑洞似地情深
將所有的星系吸盡
旋律溫柔地繞轉
在黃色的星辰間搜尋
那紅色的軌道牽著沒在呼吸的思念
樹葉們蹙蹙地揮灑休止的淚珠
水晶似的聲響掩飾著哭泣的歌

風雨硬是喚起遠去已久的名字
在烏雲灰雨中隨風隨雨地叫囂
叫嚷著心再也接續不下的春天
在棉白的雲間吹不出任何情愁的色彩

風雨中的名字倉皇地奔竄

族靈的氣息在手心低吟
等待著孩子們接續的牽引
指間族靈的話語放聲吶喊
無數延伸慌張搜尋的雙手
在奔騰狂吼的黑暗中尋無

族靈的智慧在指間哭泣
哭泣著無法傳遞的訊息
指間族靈的氣息啜泣
失靈的孩子
在千萬數位中魂散不附著

雲在山頭醞釀著動向

群山綿延捧著優雅靜止雪雲
風　從那一排山對著平原的後頭
吹擠著濃溼的雲上山
風　在山谷
悠閒地輕輕揮灑
不讓後山陌生的雲
越過她駐足的故事
在休止的深情
詠嘆調唱著自己

瓦歷斯・諾幹

〈伊能再踏查〉（一九九九）
〈關於泰雅（Atayal）〉（一九九九）
〈巴勒斯坦〉（二〇一八）
〈家族第七——最後的日本軍伕〉（二〇二一）
〈家族第八——清明〉（二〇二一）
〈家族第九——終戰〉（二〇二一）
〈家族第十——穿山甲〉（二〇二一）
〈山櫻花（一九〇一）〉（二〇二一）
〈風中的名字（一九三一年五月六日）〉（二〇二一）
〈Ioway〉（二〇二一）

Walis Nokan，一九六一年生，臺中市和平區自由村雙崎部落（Mihu）泰雅族。師專時加入「彗星詩社」，熟讀周夢蝶、余光中、洛夫、楊牧等人的詩作；後因閱讀吳晟的詩作轉而關注社會底層的生活。

瓦歷斯曾以柳翱為筆名，族群意識覺醒後曾和夥伴創辦《原報》，之後和利格拉樂·阿𡠄創辦《獵人文化》，著重於「原住民文化運動」的實踐。他從省立臺中師院畢業後，任教於臺中市和平區自由國小，並持續參與部落田調、文學創作。瓦歷斯創作豐富，涵蓋散文、詩、報導文學、小說等，得過時報文學獎、聯合文學小說新人獎、散文獎、吳濁流文學獎及臺灣文學家牛津獎等大獎，近來嘗試漢字新解、二行詩、微小說等實驗性作品，以「二行詩」的教學另闢蹊徑，可見其創作的自我挑戰。作品譯成英文、日文與法文等多國語言。

著有《荒野的呼喚》、《番刀出鞘》、《想念族人》、《戴墨鏡的飛鼠》、《番人之眼》、《伊能再踏查》、《迷霧之旅》、《當世界留下二行詩》、《城市殘酷》、《瓦歷斯微小說》、《戰爭殘酷》、《七日讀》等書。

伊能再踏查

一九九六年，以為又回到天皇的土地
百年踏查紀念小心地供奉成
淡棕色精裝本書冊，你露出
沉默的眼神，陌生的發表會的人群
陌生啊陌生，多希望老老社的 Ai
你的語言老師在場，她會教你
問候陌生人——logah da gwara（大家好）
帶領你來到番界認識族人
謹慎地喝糯米酒吃醃肉兼作
繁複而龐雜的田野筆記
你闔起書本，任性地裝上翅膀
悄悄地飛離空調的會議廳
來到曾經是天皇腳下的紅頭嶼

來到二百年前周有基發現的
紅頭嶼，快樂了幾千年的飛魚
和你的微笑一同抵達，尋著百年前的
筆記本，鉛筆圈起中島藤太郎事故的地方
不遠處已躺滿了核廢料，驅逐惡靈的舞姿
彷彿還印記在斑駁的紙面上，曾經作為
報導人K君的孫子彼時揮動著白旗
右手以筆代刀左手學著你採錄口傳
陌生啊陌生，只有老人的音容
與太平洋的脈搏一同呼吸

他們在夢的黑夜乘著獨木舟南下
與遠方的親族貿易、寒暄問暖
彼此交換命運的信息
命運的信息一如微明的歌聲，在岸邊

臺東廳上空飄揚的「飲酒歡樂歌」牽動
你的嘴角，像番人無所不在的熱情的氣息——
鼓動你喜歡的赤腳的色澤，你喜歡的舞蹈的
風，你喜歡的太陽降落山谷的祭典，你喜歡的
馬蘭社已星星般散落卑南平原十五個部落
這一天，你循著聲音找到自己失散的舞步
族人尋著歌聲來到瓦解後的祭場
大聲唱著亞特蘭大喜歡歌唱的「返璞歸眞」
一百年前還未出生的郭英南夫婦
蒼老的聲帶奮力地越過太平洋
如聲納自歷史的海底追索尊嚴
歷史的尊嚴隨著踏查的路徑翻山越嶺
你的翅膀因憂心而疲累地降臨北海岸
砂石車穿越三貂角留下煙塵，茫茫中
基督教堂傾頹的石牆不聞淡水十九社

吟哦的聖音，站牌書寫著陌生的地名
南崁頂社福隆和平島石門秀朗大直天母
（啊！我感覺你仍舊喜歡羅馬拼音的平埔
地名，它們典藏千年的軌跡）你以為
又回到蠻荒的叢林地帶，正如我以為
可以順著你的踏查日記疼惜福爾摩莎
當你藏在書冊安靜地睡著時，我為你
默唸晶瑩如繁星的睡眠的部落
毛少翁社　塔塔攸社　里族社　擺接社
龜崙社　烏來社　大嵙崁社　竹頭角社
十八兒社　獅頭社　八卦力社　麻必拉浩社
蜈蜙崙社　眉社　德化社　埔社　和社
蕭壠社　豬勞束社……

關於泰雅（Atayal）

一、出生禱詞

嬰兒就要出生，
從媽媽的肚子裡，
像河水順暢地滑出來。
很快地，你就要出來，
用你螢火蟲般的亮光，
照耀叢林的缺口，
像風，像鳥翼，像飄雲，
沒有纏藤能夠阻礙你。
快快出來，孩子
偷懶的雙腿，

茅草纏繞並且發胖，
貪戀睡眠的身軀，
精靈使你發腫。
出來讓我們見面，
祖父備好小番刀，
等待你獵回第一隻野獸，
祖母備好織布機，
等你編織第一件華服。

出來了，嬰兒出來了，
一對鷹隼的眼睛閃閃發光，
四肢如強健的雲豹，
熊的心臟，瀑布的哭聲，
嫩草的髮，高山的軀體，

完美的嬰兒，
自母親的靈魂底層，
成為一個人（Atayal）。

二、給你一個名字

孩子，給你一個名字。
你的臍帶，安置在
聖簍內，機胴內[1]，

1 泰雅族嬰兒臍帶脫落後，男嬰的，由父親收藏於聖簍內，且聖簍內置發火器及馘首之頭髮，期待男嬰長大後成為勇士；女嬰的，則由母親收藏於織布機的機胴內，期待長大成人後精於織布。

你是母親分出的一塊肉。

孩子，給你一個名字。
讓你知道雄偉的父親[2]，
一如我的名字有你驕傲的祖父，
你孩子的名字也將連接你。

孩子，給你一個名字。
要永遠記得祖先的勇猛，
像每一個獵首歸來的勇士[3]，
你的名字將有一橫黥面的印記。

孩子，給你一個名字。
要永遠謙卑地向祖先祈禱，

像一座永不傾倒的大霸尖山[4]，
你的名字將見證泰雅的榮光。

2 泰雅族命名方式為父子連名制，例如：筆者瓦歷斯．諾幹，瓦歷斯為我名字，諾幹為我父親名，我的孩子是「飛曙．瓦歷斯」。

3 古時，泰雅族信仰祖靈，一個人生而為Gaga的一員，個人的生存必賴Gaga，積極參與Gaga的群體功能是個人最大的安全與維持生存的保障。而出草獵首為泰雅族男人爭取榮譽與地位的主要手段。

4 泰雅族澤敖列族（Tseole）相傳以大霸尖山為祖先發源地。筆者為澤敖列族之北勢群（分布於大安溪上游部分）。

巴勒斯坦

有一片土地、住一群人、有著共同信仰、相信橄欖樹是阿拉賜給人類的恩典，特別是在沙漠地區，他們想愛，也和這顆星球上的每一個民族一般，想活得有尊嚴、能為對方設想，希望活得像人——自由自在的人。很不幸，一九四八年之後，這些被稱作巴勒斯坦人的幾百萬人（不是一或二人），不被允許成為一個現代國家，他們在自己的土地流離失所，失業失學失產，每天承受另一個民族國家的羞辱，直到今日，苦難歷經了六十二年。我以無能為力感到羞愧。

一、一九八四年

以色列歡欣建國
我們忙著拋家棄產

二、**難民營**

螻蟻一樣擁擠的人群
容不下一字一句的歷史

三、**茄子**

根據一〇一五、一〇三九禁令
種株茄子可換一年監禁

四、**遺言**

親愛的孩子，我們的家與國
都在以色列那邊

五、身分

我們的歷史是違禁品
流離失所也不許書寫

六、自由

你問我自由是什麼
我望著關閉的天空

七、祖父的地契

紀念品。近看，可見到
一無所有的記憶

八、小孩

你再也看不到我
剩下的只是表象

九、以色列人的恐懼

正因為沒有巴基斯坦人
於是他們無處不在

十、日常生活

刑求、監禁、種族清洗、集束飛彈攻擊
一百三十五個殖民地、七百個軍事檢查哨

十一、高牆

七百二十一公里的八公尺高牆
將我們隔成死亡的孤島

十二、巴勒斯坦

不是人種不是國不是民族
我們是所有國家動武的標籤

十三、當我通關前往家園

臺拉維夫機場以色列女海關親切地詢問：
你在我們國家過得愉快嗎？

十四、定義「恐怖分子」

所有的巴勒斯坦難民營的小孩
都是尚未引爆的自殺炸彈客

十五、人啊人

你問我是誰？我是一面小黑鏡
深藏在你們心底

家族第七——最後的日本軍伕

自南洋歸來就突然蒼老沉默的么叔公，在春天尚未結束時靜靜離開了，那些曾經發光的往事，十年或二十年後，也將如一滴掉落河心的墨汁擴散，終至漸遠，漸……淡……

牆上一幀背負屈辱的發黃照片，依稀是軍刀直指叉指布鞋，太陽旗幟軍帽底下那雙倉皇無助的眼神，彷彿是被歷史嘲弄的小丑，在歲月的舞臺塗著白色的妝底，誰看到那悲痛而扭曲的五官？

也許我的猜測又並非真實，誰知道？唉，快快收拾起照片連同逐漸幽暗的歲月，就讓它結束吧！至於成敗興衰就交給墓旁的風追問？

家族第八——清明

我們決定穿過芒草，跑步到適合對話的空曠的沼澤，讓聲音漸漸融解如歷史，梅雨卻沒有為我們搭築橋梁。我們靜靜穿過芒草，細細揣摩你在南洋奮戰的經過，春天始終並不曾佩戴在你太陽旗的袖口。

必定後悔不該隨便成為小日本步兵班長。所以我們穿過芒草，讓肌膚親臨等溫的屈辱，來到沼澤中心繼續接受責難。梅雨並沒有……顯得沉默而哀傷的梅雨是否寄出責難的信？我們張望，卻聽不見。

家族第九——終戰

二叔公是我所敬愛的勇士，斷了左臂，迴盪在空中的袖子，似乎有些話想要吐出來。我只看到它飄啊飄進山林裡。終戰後，誰都變得沉默了。

到小鎮的學校讀書，終於找到不說話的地圖。南洋像撒在地球一角的黑豆，我用力將它撕裂，但——沒有比此刻更無助的了。

家族第十——穿山甲

二叔公換了一個森林，警戒之心依舊靈敏，每有風吹草動，便大喚：什麼人，別動——我們不知道這時他藏在哪裡，他是個難纏的傢伙，我們只好立刻投降，表明身分。

他沉默而憂心忡忡，總是防範背後的眼睛，夜晚時候，他把自己捲起來，屋舍周圍設好陷阱，任誰也不許越雷池一步，我們只好用日本話喊他的名字來捉弄，在月光下他會立正，口中唸唸有詞。這時，我們不免還是有些傷感。

山櫻花（一九〇一）

本事：日人治臺之初，「深堀事件」（一八九七）帶給日人極大的震撼，並對霧社地區的泰雅族埋下威嚇與武力圍剿的誘因。首先即實施禁食鹽、鐵器等「生計大封鎖」，族人只得以山鹽青替代食鹽。一九〇一年，日人展開對霧社山區的圍剿與討伐行動，史稱「人止關之役」。

三月的櫻花樹怎麼開了？
七歲的 Hajun 來到溫泉刮著山鹽青，一包芋頭葉的山鹽青要為家人的脖子消腫。
一回頭，山腳下的櫻樹都開花了。

三月的櫻花樹怎麼爆炸了？
Hajun 的眼睛看著爆炸的櫻花，一片一片的花瓣乘著風飄上來，撿起一片花瓣，別在胸口上，Hajun 覺得疼！

三月的櫻花樹怎麼流血了？
墜落的山鹽青雪花般飄著，覆蓋在 Hajun 的眼睛，找不到路的眼睛焦急地對天空喊著：我要回家！

三月的櫻花樹開滿了山谷。

多年以後，仍然是七歲的 Hajun 來到溫泉，所有的櫻樹下都站著日本警察，Hajun 不理會嚴肅的警察，如常刮山鹽青，如常想著回家。

風中的名字（一九三一年五月六日）

本事：一九三〇年四月廿五日，日人唆使道澤群族人投入「以蕃制蕃」的戰鬥，殺害事件餘生的「保護蕃收容所」族人，史稱「第二次霧社事件」。事件中，五百六十一名族人在奇襲中僅存二百九十八人。五月六日，「強制遷居」至川中島進行監管，為霧社地區泰雅族人的反抗行動劃下歷史宿命的悲慘結局。

自從仇恨趁黑夜追殺了憐憫，我們只剩下二百九十八具身體。我們將悲傷藏了起來，藏在花葉、藏在泥土、藏在風塵之中。所以我們每一個微弱的呼吸，都沾黏著親人的氣息。

從霧社分室到眉溪，從眉溪到埔里街，從埔里街最後來到川中島，我看到所有的魂魄也徘徊在川中島，只有我們的身體最微弱，只能卑微地默唸風中的名字。

Mona Dadau Walis Habauo Bakan Nomin O-bin Bihau Basaou Bawan Mushin Sabo Lubi

讓我們用力地呼吸你的名字吧！從花葉中伸展芬芳，從泥土裡長出果實，從風塵中雕塑希望，用你們的名字傳遞歷史的氣息。

Ioway

University of Iowa Museum of Natural History（愛荷華大學自然歷史博物館），成立於一八五八年，座落於校園核心區域，是密西西比河以西最古老的大學博物館。在這裡，我看到了 Ioway 族人，他們被貼在牆壁上、坐在展覽區、騎著馬奔馳在虛擬的草原，栩栩如生的背後蔓生沉默的死亡。

Iowa 的名稱其實源自印地安部落——Ioway，約一萬三千年前，美洲原住民 Ioway 族、Sioux 族、Missouri 族等在愛荷華州生活；法國皮毛商人在一六七六年的書面文件中稱他們為 Aiaouz，標誌著印地安人「歷史時期」書面歷史紀錄的開始。一八四六年愛荷華州才加入美國聯邦。二〇一九年愛荷華城，Iowa Ave 的地景裝置藝術卻未見 Ioway 族、Sioux 族、Missouri 族。

我看到 Ioway 族、Sioux 族、Missouri 族在牆壁上、坐在展覽區、騎著馬奔騰在虛擬的草原，唯歷史無須允許，生者早已抹除死者。

蔡光輝

〈玫瑰石〉（二〇一四）

Sibu Udung，一九六四年生，花蓮陶樸閣部落（Tpuqu）太魯閣族。國立高雄師範大學英語系畢業，國中英文教師。曾獲花蓮文學獎、原住民文學獎、教育部族語文學創作獎、教育部文藝創作獎等，太魯閣族語認證薪傳級。

玫瑰石

磨
是我前生的寫照
立霧溪、三棧溪、木瓜林溪像流浪的孩子終須歸向母體
是溫柔又甜蜜的纏繞
將我又拖又拉推向太平洋的懷抱
像太陽像月亮不停地輪轉
最期待颱風的季節
連高高在上的樹木
連根拔起地與我同水舞
看不見的底層總是比看得見的上層更易糾結廝磨
永遠難以脫離
本能地我長出了厚厚組糙灰黑的繭皮
以為從此就可深藏山海鳥獸為伴

於是極盡地偽裝
人們磨針的意志依舊如獲至寶地發現了我
原來真正的廝磨才要開始
殘忍　澈底　精細　複雜
又是伴著水洗磨的完美刑具
好像早知我的天命
一遍又一遍　一輪又一輪
我不知剝了幾層皮
直到人們的眼神發愣發亮
此時　我已完全變了形換了樣
披著金銀透明的防潮薄衣
閃著如山似水的七彩景致

賞
是我後半生的寫照

最初那苦苦追尋的苦命人
被爾虞我詐的巧言
輕易地遭人打賞
之後我變換了主人
還是逃不了討價還價的宿命
美一直都是欲望的開端
隨之而來的是
更高明的騙局　更華麗的謊言
上層的人還有更上層的人來打賞
永遠沒有結局
爾後我的工作就是悠閒靜賞
坐在量身訂作與我同珍貴的木盤上
在冷氣房裡看著無數的人近近地相視
一批接著一批　難以估計
他們用好奇驚嘆的眼光來看我

我也以相同的眼光回報他們
同樣好奇於彼此的五彩瀲豔
來來回回　不忍離去
但總沒人將我帶走
也許是我的贖身價太高太漲
也許我只能供人比鬥玩賞
時間到了我再次回籠
期待下一次的鑑賞與漂離

桂春・米雅

〈出生地〉（二〇一八）

〈大王蝶歸巢〉（二〇一八）

〈種一朵雲〉（二〇一八）

〈消失的部落〉（二〇一八）

Kuei Chun Miya，一九六七年生，臺東縣白茅寮部落阿美族。創作是她找到安居之所的方式，也是獻給大自然和 vuvu 的靈歌。曾獲第十三屆臺灣原住民文學獎小說、散文首獎。

長期關注原住民族傳統文化，致力記錄臺灣南島族群文化，潛心努力實地探訪、採集和記錄原住民族風情文物。目前居住於雲林，並擔任臺灣原住民族文化研究室研究員，寫作踏查之餘任職於長期照護機構。著有《米雅的散文與詩：種一朵雲》。

出生地

這裡的陽光反射著美麗的風景
卻不適合打交道
有一扇大門面向著我的出生地
那裡的雲朵泛白
山腰下的矮房子像一顆小白點
馬路上沒有行人
剛插好的秧苗隨著涼風搖擺著
檳榔串是橘色的
幾朵白雲泡在田間游泳，怎麼？雲
也會怕熱嗎？

八月某一天，花東縱谷明媚且妖嬈
我騎著機車，來更高的地方看看你

大門鎖上了，蓮霧腐壞在樹下聚集
籬笆的花草，耐著赤熱開得不美麗
一時間忘了，忘記了你搬離的事實
而你的大門，正面對著我的出生地

我的身上需要一個口袋
存放你永恆的信念
儘管生命會同花兒落盡
那花兒也不曾發抖
從遙遠你灼灼的眼神裡
那靈魂從未曾屈服
沒有比這裡更美好的了
山峰披上明豔晨光
你宏大的心臟在此歇息
遠眺峽谷風光閃耀

漫漫塵煙未染處
你的大門對著我的出生地

大王蝶歸巢

時空掩埋在霧氣裡
我需要適當的表達
於是啜一口黑影
像從死去的找了些呼吸
也或者成為一種影像
朝向山峰無痕的眺望

恰如一朵漂泊的雲
相信時間可以偷一點
放在掌心裡的隱密
彷彿隨時可丟棄
透著太陽再押點斜韻
跨一步拐進一個彎處

薄薄的空氣變成雨

攀上懸崖路
看百合含苞欲開的風景
我答應你了
紮一座鞦韆高高掛著
再帶你盪飛上雲間
那被掏空的血液裡
粼光歸於呼喚的塵土

為你我點燃一把火炬
紅色淡淡地潛入幽暗
濁酒一杯彈指話別離
再點燃一把火炬
灰燼滿滿乘上飛船

我再飲一杯目送你
於是銀色的月光下著雨

無來由地捲風揚起
那冷風輕輕

我答應的轉身
走入雨霧長長的路徑
傾聽寰宇悠悠的傳遞
答應你的……轉身離去
從不曾與你相遇

後記：

完成囑託，只能疲累地走在回程的溪床上，我實在是想為您書寫，但也記得：「轉身離去，從不曾與你相遇。」

或許有那麼一天您改變初衷，那麼請到我夢裡來，我願意——為祢書寫。

種一朵雲

再近一點
蒼白的故事像煙
重山斷崖的深處
風聲成了刻印的序言
一刻追憶掉轉的視線
一次塗鴉消逝的速度
望穿蒼鷹盤旋高飛
那張臉種上了一朵雲

有一種祝福像風
負載著禱詞繾綣於森林裡
勇士的姿態和繞行的蝙蝠
常常是一朵雲和風的結合

而領悟是雲豹回眸的視角
是目前無法明說的　空白

消失的部落

消退了
他們滑過山峰後
自動解散
殘霧恍惚的踱步
滾下了山溝試圖申訴
罹難的歷史
擁抱沉默無數

再也沒有比流星沉睡
更是荒蕪的了
譬如暴雨澆灌著斷橋
泥濘激情沖刷了城市
我曾想過

山林呼嚎著末日號角
點亮十字星的火苗
當信仰
風化於荊棘的夢圖
折下暮色
走過焦臭的衰亡

有一種歌聲
單純的
像潮水輾轉流動的月光
帶著星星的腳印
擁抱風起的追獵
如果……
如果有風……

林佳瑩

〈離去之後——給失婚後得憂鬱症的姊姊〉（二〇一一）
〈藍旗金槍〉（二〇一三）

一九六七年生，太魯閣族。父親是一九四九年抓兵來臺的青島人，母親是花蓮紅葉鄉的原住民。自小就在臺灣人、客家人、外省人、原住民雜居的社區裡長大。花蓮女中畢業，曾經在中小學擔任舞蹈老師，說唱藝術老師。喜歡旅行、看山看海，多才多藝，寫作之餘也擅長畫畫，經營「浪浪藝廊」，賣畫救助流浪動物。作品以詩、散文見長，曾多次獲得原住民族文學獎的肯定。

離去之後——給失婚後得憂鬱症的姊姊

眼前這一彎堙窒難行
跌入了秋的小徑
便是路嗎？

綻放豔紅小花的刺莖
攀著記憶蔓生
留不留神還是會被刺傷
加深再加深
樹下層層暗影
謝絕陽光拜訪
濃密的樹林沒有表情
問路於林鳥
路標呢？

什麼線索也沒留
聒噪一番就飛走

披戴一身疲憊
走入薄暮
彤霞累成了夜

北極星早已隱熠
風卻不曾停息
吹冷每一步腳印
心事密草偃仆又起
昨日的雨淋溼今天的柴薪
沒有火光的夜
要在哪裡安歇？

黑暗深林
一頭寂寞的獸
將夜晚啃得喀吱喀吱響
聽得妳食欲高漲
陪牠暴食整夜

曙光仍癱懶在山後
遲遲不肯睜眼
妳那關不起門的雙眸
春天搬走
深秋住進來

如果有路？
……　……　……
最後一片顫巍巍的葉子

來不及回答　就
落
下

藍旗金槍[1]

披掛一身天空藍
從日出的東方出發
游向西方，游向夢境
游向絢麗燦美的落霞

終於擱淺於一間狹小
且黑暗潮溼的廚房
在滿室的墨綠苔群中
魚眼以幽光
默默描繪輪廓模糊的我
而我也以沉默回望
去分辨

魚鰭的彎刀
曾經如何切響海風
像我從前甩在風中髮辮的笑聲
那魚鱗閃耀著瓣瓣陽光
是我少女時仰望世界的眼睛

廚房的灰暗洗去了天空藍
像我日漸被洗去的視界
砧板上的藍旗金槍
刮去一身鱗片
瓣瓣陽光在黑暗的廚餘桶熄滅

1 藍旗金槍：即俗稱的黑鮪魚，是昂貴的食用魚。其肉質鮮美，是製作生魚片的良好食材。

於是鮮嫩的生魚片
整齊地排上了盤
如我的青春
獻上了婚姻的祭壇
笑聲和喧嘩包圍著大飯桌
他們舉箸，搶食
和每次一樣
不曾用心聞香觀色
不曾細細咀嚼，慢慢吞嚥
他們總是忘了要好好消化

而我的一雙魚眼
被遺忘在廚房角落
努力地自門縫

想像著一大片藍天
想像著游回大海
那日出的東方

格格兒·巴勒庫路

〈Kacalisian〉（二〇一九）
〈情材〉（二〇二二）

Kereker Palakurulj，一九六八年生，屏東縣泰武鄉佳平部落（Kaviyangan）排灣族。是個熱愛原住民族文化的排灣族 vavayang（女孩、女人），曾任原住民族廣播電臺《聽格格兒 menilingan》節目主持人、原民臺原觀點《部落瞭望臺》節目企劃。

曾獲臺灣原住民族文學獎及 VUSAM 文學獎新詩類、報導文學類及散文類等獎項。二〇二三年夏天參與國立臺灣文學館及衛武營國家藝術文化中心合辦的第三屆文學劇本改編工作坊之後，更期盼原住民故事透過劇本的改編，在舞臺上展演，呈現在世人面前。期盼自己成為部落的文化大使，以筆揭開失語的帕子，將部落的故事浸濡於墨水中，再用文字不停寫出，讓族群文化在文字符碼及各種載體中，繼續 menilingan（說故事）傳承下去……。

Kacalisian[1]

makuda[2]
kacalisian

蝸牛　慢慢
螞蟥　慢慢
毛毛蟲　也　慢慢

kacalisian
為什麼　你　慢慢
向前傾斜身體　走　慢慢
這樣

aisa[3]

不了解我的明白啊　你
很難的走路　這邊
不見了　斜坡
沒有了　我的平衡感
nekanga[4] nekanga
街道不再有　起起　上上
　　落落　下下
nekanga nekanga
馬路看不到　彎　曲曲　彎
　　彎　曲　曲　彎

1 kacalisian：排灣族語，意指「真正住在斜坡上的子民」。
2 makuda：排灣族語，「怎麼了」的意思。
3 aisa：排灣族語，意思就是「哎呦、怎麼會這樣、驚呼詞」之意。
4 nekanga：排灣族語，「已經沒有了」的意思。

今天開始
不要再叫我　kacalisian
kudain[5] kudain
不見了　斜坡
沒有了　我的平衡感
這樣
叫我怎麼辦　怎麼辦

tjaljuzua[6] 唉聲嘆氣　我的 vuvu[7]
小米要成熟了　上不去　怎麼辦
maza[8] 徬徨無助　我的 vuvu
迷路了　就在這井然有序　沒有斜坡的部落街道裡
哭喊著
我
找不到

回家的路
你說
來吧
搬到我們為你們打造的新家吧

但
蝸牛來了
螞蟥也來了
毛毛蟲一起來這豐年祭

5 kudain：排灣族語，「沒有辦法，怎麼辦」的意思。
6 tjaljuzua：排灣族語，「在那邊」的意思。
7 vuvu：排灣族語，祖父母輩的稱呼。
8 maza：排灣族語，「這邊、這裡」的意思。

從此之後
kacalisian 不再是我的名

好吧
按照你吧

可是
哪裡　我的家
到底

情材[1]

Kaviyangan[2] Kaviyangan
給我一根情材吧
讓我知道我仍在你心裡頭
讓我有回到你身旁的理由
讓我不再漫無目的地漂流

Kaviyangan
部落的家屋裡

---

1 在過去的年代，排灣族男生要表達對女生的情意，會在夜晚偷偷地將砍好的木材放置在女方家，供女方家裡使用，這個傳統文化稱為「papuljipaq」送情材。

2 kaviyangan：排灣族佳平部落，有「手掌心」之意。

篝火擁抱著根根柴　燃燒
煙霧依偎著石板屋　飄渺
山風穿越時空　擺弄煙霧的裙擺
鼓舞著部落的家屋大口呼吸　說
孩子們　我在　我還在
回家　回家　快回家

給我一根情材吧
讓我快點回家
讓我回到你的身旁　Kaviyangan
Kaviyangan　給我一根情材吧　回家啊　我想

梳理貓兒弄亂的苧麻線球　東拉西扯　我找不到線頭

苧麻線啊　在我手指頭之間遊走　遊走　愈走愈糾結
纏繞　重疊　纏繞　重疊　纏繞　重疊　纏繞

心中想起 vuvu 的話
ita　drusa　tjelu　sepatj　lima[3]
伸出 lima 張開手指套上苧麻線球
順著 vuvu 的話　我找到了苧麻線球的源頭

梳理　梳理　再梳理　編織　編織　再編織
在貓兒瞳孔反射中
繞著圈圈搖擺起四步舞來　ita　drusa　tjelu　sepatj

3 這整段由上至下依序是排灣語的數字一、二、三、四、五，其中，「lima」除了是數字五，也有「手」的意思。

「孩子　別擔心　閉上眼睛　林間的鳥兒　領你走上前方祖先的路程」
山風　輕輕巧巧撩撥山林的　葉
葉　完全不理會山風的逗弄
跟頭目家屋前篝火的　煙　手拉手隨著旋律
繞著圈圈搖擺起四步舞來　ita　drusa　tjelu　sepatj
「孩子　別害怕　專心聆聽　樹梢上的風　引你行在血脈相連的方向」
山風　自己自己地　撩起自己的薄紗裙擺
跟 Kaviyangan 的　族人們　哼唱起排灣古謠
輕輕巧巧繞著圈圈搖擺起四步舞來　ita　drusa　tjelu　sepatj
「孩子　別哭泣　張開雙眼　裊裊的炊煙　帶你回到部落石板家屋裡」

山風　捲起山林的葉　頭目家屋前篝火的煙
一起一起手拉著手在天上細灑下來的光中
歡慶小米豐收祭
終於　回家的路　找到　我
這
情
材

董恕明

〈即事〉（二〇一三）
〈軼事——致林梵老師遠行〉（二〇一八）
〈如歌——致一〇七歲 mumu 遠行〉（二〇一九）
〈狹路〉（二〇二二）
〈嗨！〉（二〇二三）

一九七一年生。爸爸是浙江紹興人，媽媽是臺東下賓朗部落卑南族人。自一九八九年起於東海大學中國文學系完成學士、碩士、博士學位，二〇〇三年夏回到臺東，任教臺東大學華語文學系迄今。碩士論文以「大陸新時期小說中知識分子的處境與抉擇」為題，撰寫一篇「和爸爸有關的」論文；博士論文以「邊緣主體的建構——臺灣當代原住民文學研究」為題，完成一份「和媽媽有關的」論文。對於「學術研究」不具天賦和使命，就是「以蠻力」面對自己人生的功課，所以與其說什麼「復返」，不如說是「原地彈跳」，跳得好，抖落一點星塵，跳壞了，終也鍛練了筋骨，無憂無傷！

即事

沒有為什麼，山就這麼坐下來
一朵雲經過，想說又沒有說
一陣風晃過，想走又不想走
一滴雨飄過，想留又不能留

沒有為什麼，海就這麼猛然起身
一尾魚跌倒，哭不出來
一顆石心碎，補不起來
一片浪暈眩，吐了開來

沒有為什麼，路就這麼倒了下去
沿著山繞著海攀著雲背著雨

魚化成石，石散作浪，浪撿起一枚
夢，微藍

軼事——致林梵老師遠行

若知道是最後一次，比鄰吃便當，應該問
遇見上帝時，您想問祂的是一首詩或一場戰役
或者不一定是遇到上帝，是佛祖，佛祖您比較熟
您不知不覺也是佛門中人，是不忌葷腥，道成
肉身那一種，應該少有您這麼血性赤誠清白天真的
讀書人，一週清洗三次全身的血脈彷佛在細細爬梳
世界的來龍去脈，其實僅是主治醫生的巧笑，一笑
您便落坐在那兒風花雪月憂國憂民古往今來了起來

即使知道是最後一次，還是問了：為什麼韓國天團穿著
「終戰紀念／原爆 T-shirt」日本人要他們道歉，可因著日本
而國破家亡的這人那人，再沒有誰能好好聽到他們說一句
您說：日本從來不認為自己有錯，既沒有錯，哪來道歉？

原來如此，歷史學家的心啊，如不夠清明鎮定怎能禁得起人在世間創造了種種光怪陸離之後還得同情地理解人的昏茫一如日治時期的隘勇線轉成今日的浪漫臺三線以後，以後曾經劃出來圈起來再圍起來的他者或異類，都是一家人了

因為是一家人，您說在蘭嶼的蜜月旅行用一顆感冒藥換得老人家執意回贈銀盔，您死活不敢接，只在多年後反覆說老人的心意啊，原住民啊，那種單純又全心全意地對待也是，pinaski 老姆姆每年壽誕收到您捎來喜樂歡慶的詩作在歌聲和笑聲中您問「西安（死枉）人怎麼都還能這麼快樂？」果然是很愚痴的您啊，您不也說生病的器官還可以洗的不多！所以，二〇一八年十一月廿六日在群山之後的星星一連失蹤數日合該全去接您了？您要安頓打點好了，請記得再捎首詩來……

如歌——致一〇七歲 mumu 遠行

一條小路，拾級，在重重的青山，遠遠的川上
彷彿小橋，彷彿輕舟，走啊走

二〇一八年十二月廿八日，黎明還在酣眠，山微微地顫了一下，喘一口氣
「換一口氣，吐一口，再一口，再試一口……」轉角的巴拉冠心底默唸
像那曾經如微光閃爍的’emaya’ayan 頌歌，她說：vangsaran 唱不了，
saraypan 來唱！於是，misa’ur 回來了，媽媽小姐在家裡、在田裡、在路上
在這裡那裡……從 pinaski 的話到日本話到ㄅ、ㄆ、ㄇ、ㄈ、A、B、C、D，
不只有 hohaiyan haiyan haiyan 有 hu-hu-wa-mapiyapiya ya-- hu-hu-hu-wa-huy！還有
「我的一顆心」、「祖國，祖國！我們愛祖國……」、「梅花梅花，滿天下……」

一條小河，順流，在層層的流光，近近的遠方
彷彿清風，彷彿細雨，流啊流

每天每天，有時候是前門，有時候是後門，咚咚咚或砰砰砰，時應偶不應
部落裡的這一條路或那條路，直直地來直直地走，笑她直直的心，
連綠籬上的「traker 葉」都懂她的堅持，
沒有浪費的時光沒有浪得的虛名沒有無味的人間
一步一步抖擻的步伐硬挺的身影，不是臉上沒有皺紋，連心都是，
是火的不是水，是水的不是煙雲，
即使變身是水是煙雲，還是每天每天，好好走路，好好吃飯，好好睡覺，
火一樣的清清，水一樣的明明，煙雲一樣的晶瑩

一朵花，小小花，最最親愛的小花花，隨風搖曳，在漸漸老去的歲月
淡淡的暮靄中，唱著唱著唱回了初萌的年少——

Oh my darling oh my darling oh my darling I love you……

狹路

為什麼好吃的不是那一長串的鞋印呀？
在長長長的路上，雲來了又去了的淡淡午後
那條沒有麵包屑吵嚷的路上，腳下塵土窸窣
竟也這麼不明究理風花雪月了起來，一扇
門，開開關關進進出出，海角天涯各自上路
本來確是無一物，可霧一來就誤入了歧途

為什麼好吃的不是那突然飛來的細雨呀？
在小小小的帷幕下，切換光影的眼睫
當風百無聊賴地撐起一把傘，緩緩走來
海正甩著他捲捲的瀏海在礁岩上寫詩
一頭獸，失速竄入，時間閃躲不及
打了個結，可悟的道，正迷路

為什麼好吃的不是那自由自在的寂寞啊？
在捲入亂入混入的歲月裡，那些來得及
取一瓢、插一腳或啜一口的流光，和那些
來不及啟程也趕不上道別的風霜，一路一路
一路吃掉了朝雲吃掉了彩霞吃掉了遠遠
去而不再復返的誰的背影，可惡

嗨！

知道的魚，差不多兩、三隻——
一隻是長著鬍鬚，青春便老著等的那種，只是
常常都來不及吃到誰煮的長壽麵，便肅然投入
生薑、紅棗、當歸、何首烏……裡從容就義
一隻是會爬樹翻土和散步，卻不太游泳的那種
因此也沒有時間多想大海深處的同類，究竟是
很會游還是不會游，才能游出自己的天涯
最後一種是爸爸的魚，經過萬水千山的泅渡
穿過茫茫人海，張手撒網游來如煙的那一尾
溫柔默默如家一般豐腴溫暖，波光粼粼

知道的雲，差不多兩、三朵——
一朵常滾著毛邊，定定站在長路的盡頭

不喜歡遠方卻總是在遠方，明明不是
山卻天生是山的料，莫名所以的命中注定
一朵總是捲捲的亮亮的懶懶的追風捕月
時常竊喜能用一生不可捉摸的翻滾張望
撓青天的癢，於是未竟的願望便如星飄落
最後一朵是柏拉圖的雲，全黑，除胸口一點
白，不是雪，是洞穴深處悠悠遞送的光，徐徐
桃樹雖老，可春天一敲門，世界便吠了起來

知道的浪，差不多兩三道——
一道劈開了左右人家成兩岸，在上岸下岸
離岸靠岸之間，擱淺的歷史像土虱的鬍鬚
多一點少一點如在進補和下毒間搖曳擺盪
一道劃出了上界下界，在成佛成魔的瞬間
浪花起舞浪人擺浪似彈塗魚的玲瓏與狼狽

不知不覺無知無覺三界就一戒——戒搔浪
最後一道，悄無聲息是時間的呼吸，粗礫一樣
拍打礁岩，放浪形骸彷彿放豬吃草，沒事就好
其實是哎是挨是礙是隘是愛是晦……？海起身
夢經過時，撿起一粒沙，拋進人間，長成詩

林朱世儀

〈鄉土祭〉（二〇一二）

Tama Uki，塔穆吾吉。一九七二年生於花蓮縣玉里鎮，德武部落阿美族。母親為阿美族人，父親為大陸遷臺定居漢人，年幼時因國民政府大力推廣學生說國語，所以對於阿美族語的理解僅限於較為簡單的日常生活單字詞上的交流。母親喜歡哼哼唱唱，個性樂觀卻有點羞澀，每次單獨跟母親爬山採箭筍，或是到河邊撈河蜆，去田裡幫忙拔花生時常常聽到母親的吟唱，雖不懂歌詞的內容，但是非常喜歡聽，成了母親唯一的小歌迷。

政戰學校音樂系畢業後，擔任軍官，大部分時間都在異鄉，軍職也相當順利，惟沒能常陪侍在母親身邊，對故鄉的牽念日益沉重，後因母親生病，申請退伍，回鄉陪伴、照顧母親，直至母親離世。感念故鄉的土地猶如思念母親，茲以〈鄉土祭〉這首詩紀念緬懷。

鄉土祭

北部建築工地上的太陽沒有感情地燃燒我
連風也在旁邊納涼
「這個泥土是哪裡的?有幾車?」
「那個是花蓮秀姑巒溪上面的啊!差不多十幾車吧!」
「啊……?啊……!那是我小時候長大的地方說。」
是經過跟我一樣的路　過來這邊的嗎?
抓一把　偷偷塞進工作服的口袋
還能感受　曾經滴下汗水凝結的熱度
還有山林呼吸的聲音
也有溪水流過的痕跡
更有祖靈留下的訊息
我要祭拜你和你的弟兄們　晚一點的時候
因為它們將成為這面牆建造時的犧牲陪葬品

我要去買小米酒、檳榔還有米
太陽下去　收工後窄巷裡的單人房裡
掏掏已經握不到一把的沙土
放在我最喜歡的彩色圖片雜誌上面　用樹葉墊著
我的部落　我的鄉土　謝謝你
謝謝你讓我可以工作　有錢領　有飯吃
謝謝你　讓我可以主持你的葬禮
一杯　二杯　很多很多杯……
自自然然抱著吉他搖晃身體跟著哼唱
依稀記得 Ina[1] 在小舅舅的墓前低聲吟唱的古調
平平　悠悠　揚揚　有風　有草　也有 Ina 的淚

1　Ina：「母親」之意。

Safa i maku……Higen（我最小的弟弟……海根）
Mi itni tu aku fafahyyan a kaka kisu（我在這裡了　你的姐姐）
I cuwa tu kisu cima?（你　在哪裡　現在？）
I itrira du kisu manudafak hone?（你將要去哪裡？明天？）
Mi areiy ne futing ei ho ku（你去東洋捕魚）
Mipinaluma ni capox du kisu（你在田裡種稻）
Miadupan ni fafuy nu lukuk du kisu（你去山裡面獵山豬）
Awa-ay matawal tu alu fafahyyan a kaka kisu（回來的時候都沒有忘記我　你的姐姐）
Safa i maku……Higen（我最小的弟弟……海根）
Mi itni tu aku fafahyyan a kaka kisu（我在這裡了　你的姐姐）
I cuwa tu kisu cima?（你　在哪裡　現在？）
I itrira du kisu manudafak hone?（你將要去哪裡？明天？）

小舅舅很幸福
在原本的地方　睡覺

我還要謝謝家鄉部落的一切
族人的血汗　造就這冷簇的城市
原鄉的位移　奉獻了原應奔跑的地方
林樹的割離　體變成櫥櫃或是沙發皮墊下的骨架
祖靈跟我說　要慈諒　要單純　要堅強　要保護大自然
鄉土啊鄉土
原諒我　謝謝你　我愛你
睡覺了我　明天還要灌另一邊的牆
用你的兄弟
謝謝你……
很多很多的　謝謝你……

多馬斯・哈漾

〈Kwah ta ramarz 菜區之歌〉（二〇一〇）

Tumas Hayan，李永松。一九七二年生，桃園市復興區奎輝部落（Babau）泰雅族。臺灣師範大學國文研究所碩士畢業，專長原住民文學研究、鑑賞與創作。曾任教於大華科技大學、醒吾科技大學、臺北大學、大興高中，二〇二一年教職退休，目前專事創作。

喜歡教育、自然有機耕作、更喜歡貼近生活的文字創作。他擅以小說創作再現原住民的歷史，並提出對現實的抗議，得過桃園縣文藝創作獎、玉山文學獎、原住民文學獎、吳濁流文學獎、教育部文藝創作獎、臺灣文學獎長篇小說評審獎等，二〇一七年獲得國藝會長篇小說創作補助，二〇一九年以《再見雪之國》獲得鍾肇政文學獎長篇小說首獎。著有《北橫多馬斯》、《雪國再見》、《再見雪之國》、《Tayal Balay 真正的人》等書。

Kwah ta ramarz（菜區之歌）

一、yanai 的 byajin ru behwui[1]

yanai
mu sa su ino
你　要去哪裡
窗外　有人敲你的玻璃
你聽　是 Watan Tueyau
十五歲
海拔最高公學校
第一名的　畢業生

byajin　月光
落在太平山與獨立山稜線相交四十五度的夾角

召喚
臺七線上饑餓的狼群
一臺接著一臺
準備在蘭陽溪　底
舉辦　南四留村[2]負重的接力賽

behwui　風
緊緊抓著野狼上的扁擔
在 yanai 的背袋裡面　翻找出
一把刀

---

1 此句意為「yanai 的風與月」。

2 意指南山、四季、留茂安，為中橫宜蘭支線上的泰雅族部落，大多數族人都以蘭陽溪旁的高冷菜區砍菜為生。

一組阿比兄弟
一滴　太太的
眼淚

二、yanai 的 beru[3]

每顆高麗菜三斤重
一簍算一　件
一臺菜車載兩百件
五臺菜車八個人　砍
請問　平均每個人　一晚要挑幾斤
（提示）
每人一擔可挑兩簍六十斤
每件單價三十元
一晚

工錢是　多

少

答案是

yanai 被阿比兄弟大力拍著頭（暈）　不會算

誰會算

菜販最會　算

保證　一斤也不少　工錢四捨五不入　通通算整數

給多少是　多

少

---

3 此句意為「yanai 的數學題」。

三、bya kutu ge yanai mu[4]

lokah su yanai
還好嗎你　舅子

cyu mgan kuta su
還在痛嗎　舊傷你的

cyu naga bila nbu laki su
還在等錢　生病孩子你的

gtai gaga ta tayan
挺住　剽悍的　泰雅族人

somi qsar loyahbeh lgeh su
擦掉眼睛的水　從　臉上你的

laki　不要
nbu　喝

ko 酒

la 了

4 此句意為「給 yanai 的話」。

幸光榮

〈不想清醒的雨日早晨〉（二〇一七）

Tiang Matuleian Tansiki an，迪洋．馬督雷樣．丹西給岸。一九七二年生，南投縣信義鄉雙龍部落（Isingan）布農族。小學就讀純大拇指學子的雙龍國小，國中就讀水里信義原漢各半的民和國中，高中讀埔里高中，之後北上就讀警察專科學校，畢業後即落地為北原一族迄今。

國中時期，覺得「會寫字說故事」是很厲害的事，自此養成了寫作的習慣，童年時期山林部落中的古老傳說與奇聞逸事是書寫最初的養分來源，書寫對他而言「是一種紀錄，為了留下自己與族人的各種生命樣貌，為了證明很多人事即使消失了，也依舊存在」。

不想清醒的雨日早晨

昨夜夢裡妳說
什麼時候回家dina[1]在想你
拔起那把獵刀妳劃下
族袍上的百步蛇遂死了
以示眾的方式
懸掛百步蛇在城市尖銳的屋角
瀝血
風乾
它們被
醃漬成食
萬分飢餓的
我將它們取下

用以供養正饕餮著我的
狂暴的鄉愁
灰色稜角是
這裡天空的臉
我望不見老鷹眼中的世界

摔過的手機一滑開就
張揚妳被分割的臉
裂紋與時光的褶皺祕密
密成了捕夢網
以為放在身邊
最兇的魘也能按一鍵刪除

1　dina：布農語，「母親」之意。

永遠就不存在記憶體
就像小時候妳說
會幫我把噩夢都吃掉

夢了妳的下雨天
就特別飢餓特別想
煎一片滑膩的妳的影子
下飯
那影子裡有
相思木燃燒後的氣味還有
六歲遠足水壺裡裝的洛神花茶酸甜

夢了妳的下雨天
我總會和床罩果凍成一灘
打不散的蛋白

作夢之後清醒之前
我聽見在沒有妳的餐桌裡
雙倍咖啡因的黑咖啡
也頹然而憤怒地挫敗了

謝來光

〈誰的寂靜〉（二〇一四）

Si Ngahephep，一九七四年生於臺東縣蘭嶼鄉東清部落（Iranmeylek），達悟族。小時候，因為收到一本姊姊送的漂亮筆記本，開啟了書寫習慣。這些筆記成為自己生命旅程不可或缺的依賴，卻沒有想將書寫成為一個目標。但也會好奇自己的文字書寫邏輯如何，所以參加過幾次的原住民文學獎。

回到部落生活的感覺，實在有太多的生命經驗值得讓自己慢慢筆記下來。蘭嶼的自己的生命，最渴望的一個追求，是能回到達悟的時間感裡，去感應共同空間裡的宇宙，那些祖先說的故事，可以拉近一點。但現實的生活總是五花八門，於是筆記往哪裡走，也只能隨它的任性，就像滾石不生苔一樣不太會有累積。

誰的寂靜

海，也算是一種曠野嗎
遠觀透藍的海
曾有那麼一首歌
傳唱著達悟女人殷勤盼望丈夫歸來的船隻
舟舟飄搖，隨風又槳的移動
是女人，哪知海洋是否像曠野一樣的寂靜

神話，也算是一種曠野嗎
天高地遠摸不著
殊不知
腳踏的每一步
眼觀的每一處
都是神話的印記

祂的傳說
從祂孩子的身體剝落
複雜的生活
誰還在乎神話的浪漫故事
祂，寂靜，卻依然存在

文化，也算是一種曠野嗎
生活及文化，少一個步驟沒能對味
真確是神話傳說的連接點

神話從身體輕易剝落
靈魂跟著沒了翅膀
散落一地的
是無足輕重的寂靜
是一層疊上一層的夜

乜寇．索克魯曼

〈為山祈禱文〉（二〇〇四）
〈望鄉之夜〉（二〇一四）
〈悼，一位孩子之死〉（二〇一五）

Neqou Soqluman，一九七五年生，南投縣信義鄉望鄉部落（Kalibuan）布農族。投入東谷沙飛（Tongku Saveq）揚名運動、傳統豆類農作復育保種、家族護火及忌殺黑熊文化保育工作。靜宜大學生態研究所碩士後，當過高山嚮導、國立暨南國際大學原住民專班講師、靜宜大學通識教育中心兼任講師，現任教於雲林縣古坑華德福實驗高中。

近年來以《Pistibuan 社返家護火隊紀實》榮獲第八屆全球華文星雲文學獎報導文學首獎（二〇一八），繪本《我的獵人爺爺：達駭黑熊》獲選為「年度臺灣兒童文學佳作」（二〇二〇）及「好書大家讀」年度最佳少年兒童讀物獎（二〇二二）。著有《東谷沙飛傳奇》、《Ina Bunun! 布農青春》、《我為自己點了一把火：乜寇文學創作集》、《我聽見群山報戰功》等書。

為山祈禱文

我以天宇為簷
大地為席
尋常的時候
尋常的時候我穿越在褶皺不齊的臺灣百岳間
路上的足跡是我經驗不敗的證明

我像是山羊
往來去回於部落山林間
我從不為啥事猶豫
卻只為山的美麗
每每佇立凝望
一心往前走

往前看
我看不見前面的人
往後看
我也看不到跟上的人
這天地實在是浩大
而我能做些什麼呢？

我願留下我的汗水與心力
以捍衛山岳的生命
一如我祖先對大地的思維
願上天祝福這地
……

望鄉之夜

我回到了家卻沒有回家
只在別人的家望著自己的家

不是不能回家
家就在那裡
但父母親不在
家，沒了歸屬

我回到家了
卻只能在家裡眺望著家鄉
家鄉被深鎖在那漆黑山嶺的那一邊
成為一個神祕而遙遠的傳說

不是不能回家
家鄉就在那裡
但土地已不是我們所有
家，失去了歸屬

喔吼——嘎里布鞍[1]的夜晚
瑪奴恩息夫[2]
瑪奴恩息夫
連風也聽不到　聽不到
卻聽見思鄉的愁緒

1 嘎里布鞍：kalibuan，為筆者部落（望鄉）之布農族名：，kalibu 為「青楊梅」之意，加上 an 成為「長有青楊梅之地」。
2 瑪奴恩息夫：manungsiv，布農語，「很安靜」之意。

嘎里布鞍的夜晚
瑪敦姆敦姆[3]
瑪敦姆敦姆
連月亮也看不到看不到
卻看見家鄉的夜空

3 瑪敦姆敦姆：madumdum，布農語，「很黑暗」之意。

悼，一位孩子之死

死亡
你奪走了一位
年輕的生命
就在他心魔交戰
那一夜
你不該就這樣奪走一位
青春的氣息
因為還有許多人為他牽掛

但孩子你為何不怕
死亡
你竟選擇面對
死亡

走上了一條不歸路

你企圖讓死亡為你發聲
因為在上掌權者
不願傾聽孩子的聲音
他們企圖洗竊孩子的心臟與腦袋
比死亡更卑劣

死亡啊
你否定了一切
你也奪取了一切
你也擊落了空中自由翱翔的紙飛機
而你竟連扔紙飛機的男孩都傷害了
從此消失在青春的陽光下
無能再為自己發言

一切的一切轉為黑暗
一如黑夜來臨

但孩子你不再被聽見的聲音
就在那剎那響徹了天地宇宙
在肉眼無法看見的世界持續控訴陽間的不公
紙飛機依然航行

而那一滴滴不捨的眼淚
將匯聚成汪洋
淹沒臺灣

（二〇一五年七月寫於斗六，悼念反黑箱課綱學生領袖林冠華。）